繪圖 · 練任

Gaea

獵命師傳奇

FateHunter

獵命師傳奇系列【卷十六】

九把刀 Giddens 著

「不可詩意的刀老大」之

如何自己製作豆漿

這兩年來金融崩潰輪暴了全世界每一個國家，物價居高不下，但大家的薪資卻沒有相應上升，很多人荷包大失血，不想出門消費的結果就是在家裡吹冷氣放空。冷氣在家裡吹很爽，卻導致全球暖化，溫度上升，熱帶雨林的面積越縮越小，逼迫紙漿全面飆漲，致使書的內容沒有增加，書價卻上漲的離奇現象。

風雨飄搖，唯有健康無價，不能有絲毫妥協。

根據奇幻基金會執行長沒品胖子朱學恒所作的營養分析調查，指出阿宅每日所需的營養次序前三名爲：「蛋白質、維他命Ｂ群、漫畫。」

漫畫每個阿宅都有很多，就算書櫃上沒有也會偷偷找線上的看。

維他命Ｂ群，大家都直接灌白馬馬力夯。

至於高距排行榜之冠的蛋白質呢？

阿宅每天午夜時分都會抓很多片，蛋白質的重要性不可言喻。

可惜的是，關於極爲重要的蛋白質來源：牛，台灣政府已開放各種部位的美國牛肉進口，造成美國牛界一片大恐慌，估計每年因此政策被殺身亡的美國籍肉牛，將多犧牲兩千三百萬隻！

美國籍肉牛代表……也是一頭肉牛，沉痛地發表宣言：「Please drink more soybean milk to supply Biochemistry, DON'T EAT US. Or WE WILL POISON YOU!」

（翻譯：請多喝豆漿補充蛋白質，不要吃我們，否則……啾咪喔！）

是的，這隻牛的建議很中肯，比起冒險吃報復心重的美國牛補充蛋白質，阿宅不如喝豆漿補充蛋白質來得安全，又便宜。

問題來了，爲了確保不流失客源，雖然黃豆的國際期貨價格也一直上升，早餐店很貼心，賣的豆漿完全沒有隨著物價飆漲變得比較貴，但喝起來，這豆漿卻越來越稀？顯然店家各自有安身立命的好本事。

既然在外面買的豆漿越來越稀，對每天晚上都要固定流失大量蛋白質的阿宅來說，無疑是個重大警訊，怎麼辦呢？難道我們要把那東西給吃回去嗎！！！！！

不！

絕不！

所以，這一次《獵命師傳奇十六》的作者序，將以關心阿宅的角度，教大家如何在家裡自己製作營養又濃稠的豆漿，健康、好吃，又充滿冒險精神。

如何自製豆漿呢？

首先，先準備好容量1TB的硬碟……不，是將買來的黃豆泡水。

既然以省錢爲目的，所以我們不買有機栽培的高級黃豆（松青超市在賣一包要一百二十塊錢），身爲賤民我們買一包三十到四十塊錢的基因改造黃豆即可（反正地球二〇一二年就要爆炸了，吃基因改造的黃豆算是小事）。

把豆子泡水

吸水後的豆子

謠傳黃豆至少要浸泡四個小時，但我都是泡了水以後立刻去睡覺。由於我睡眠充足，所以我的黃豆至少泡了八小時，醒來時每一顆黃豆都吸滿了水，脹大了兩倍以上，看起來相當肥美。

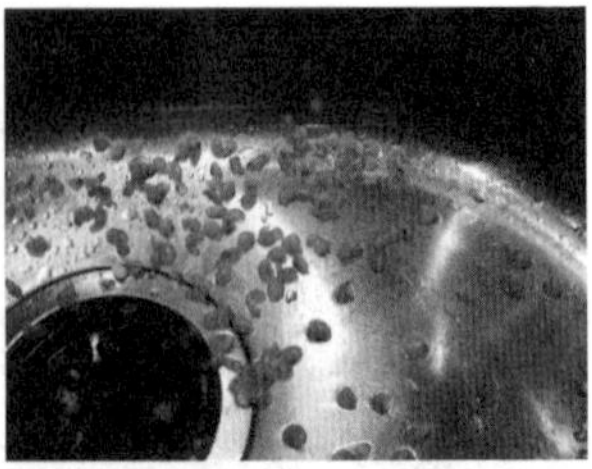
剝皮

撥完皮的豆子

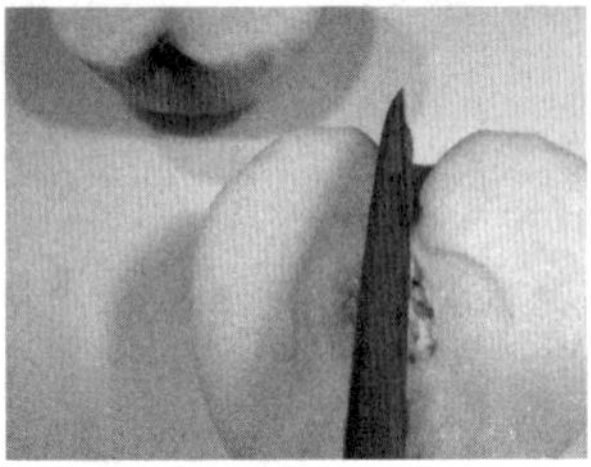
紅色的刀，三倍速！

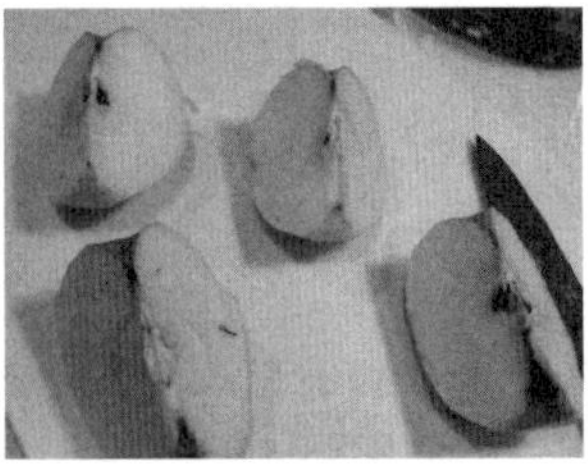
將蘋果切成四個

網路上有人說，黃豆的皮充滿了讓尿酸過高的普林，普林吃多了會痛風，所以我很龜毛，徒手慢慢地將黃豆的皮一顆接一顆小心翼翼剝下來，此時最重要的是耐心，我寫《獵命師》寫了四年多，耐心早已千錘百鍊，區區剝黃豆皮根本不是問題。

剝完了約八成的黃豆皮，在瀕臨動怒的邊緣，我們需要冷靜一下，這時從冰箱拿出一顆預先準備好了的蘋果，大小不拘，再使用紅色的水果刀（紅色是必須的顏色，在鋼彈的世界別具意義）將蘋果切成四大塊，再將靠近果核的地方毫不戀棧地切掉！我們不吃那麼硬的地方！

橫切成八個

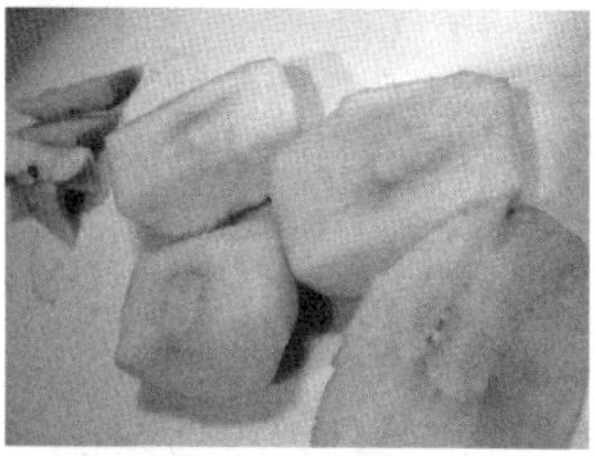
去掉核心

過濾水

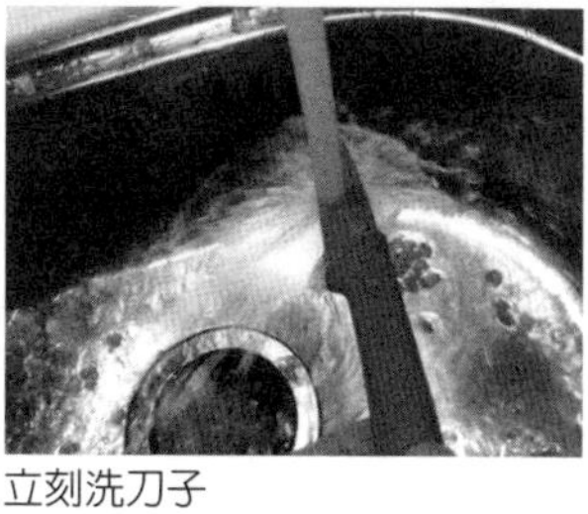
立刻洗刀子

緊接著，在大家都以爲我們要將蘋果豎切的時候，我們出其不意神祕地橫切，將蘋果切成八大塊。由於無人料到會是這種切法，於是我們洋洋得意地將紅色的水果刀拿去洗，養成好習慣。

一邊吃蘋果，一邊用Brita水壺過濾自來水，此時！注意！不可發動「念」！免得強化系的朋友將水震出水壺，更怕變化系的朋友將水變甜。

將過濾好的水倒進果汁機裡，同時，我們也將剝了八成皮的黃豆放在水裡，水跟黃豆的比例「看你高興」，我自己是一比一，因爲我一向講究公平對決，絕不偏袒任何一方。

一比一

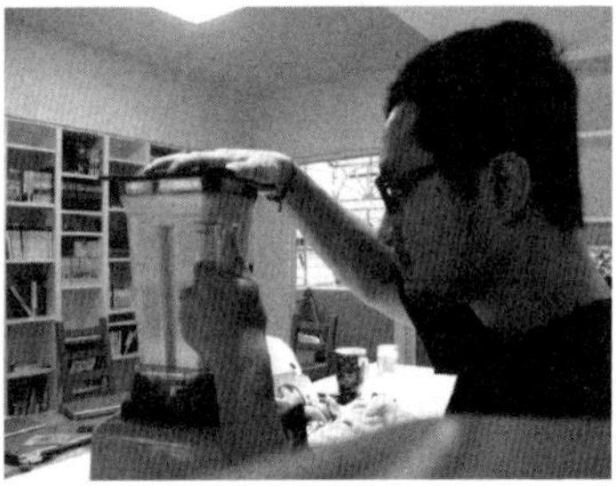

開始打

接著，啓動果汁機，將黃豆碎屍萬段。

聞一聞那股香氣，嗯嗯，應該有打碎吧？

接下來的步驟是過濾黃豆渣渣。

問題是，身爲一個不常使用廚房的阿宅，我們哪來的過濾豆漿專用濾布？

一般廚房用的手持濾網又太粗，過濾了等於沒過濾，怎麼辦？

難道我們就要在這裡放棄了嗎？

不，九把刀不會教你放棄！

抱著馬蓋仙能、我們也能的決心，我們拆下洗衣機用來過濾髒東西的濾網。

（小祕訣：洗衣機濾網一定要清洗乾淨喔！）

準備一個拳頭大的砂鍋，慢慢地從果汁機裡倒出黃豆渣渣水，通過洗衣機濾網的嚴格過濾，黃豆水大概滿了砂鍋約九成。

再來就是加熱。

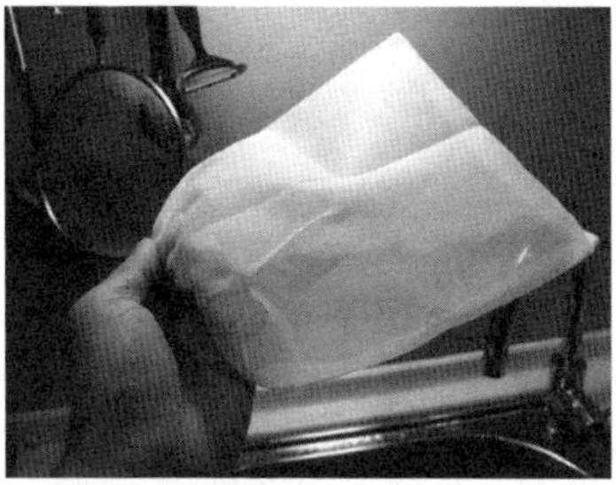
洗衣機的過濾袋

開始過濾

如果你是淵仔，我會叫你用內力加熱。

如果你是烏拉拉，我會叫你用火炎咒燒一下。

但你只是一個想省錢補充蛋白質的普通阿宅，所以我會叫你打開瓦斯爐，用中火燒鍋。

豆漿在燒的時候，最好時不

九分滿

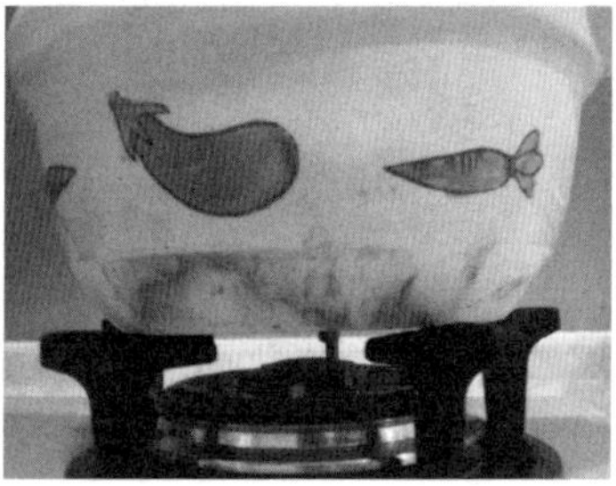
砂鍋煮火

記得攪拌

時就攪拌一下，以免呈現沙狀的黃豆渣渣沾到鍋底不斷受熱，會燒焦。

謠傳說，豆漿至少要滾三次，才能將豆漿裡的黃麴毒素給破壞殆盡，不然喝了會拉肚子。喜歡拉肚子的朋友可以直接生吃黃豆，絕對拉很嗨。

不過……要滾三次耶！就好像校稿要校三次一樣漫長，不愧是豆漿。然而等待豆漿滾起來的時候相當無聊，所以剛剛切好的八塊蘋果立刻派上用場。

我們一邊看著豆漿，不知不覺就吃了四塊蘋果。

由於我們吃得太專心，忘了隨時攪拌豆漿，心生怨念的豆漿忽然以驚人的氣勢暴衝出砂鍋！滿了！

滿出來了！沸騰的豆漿爭先恐後地滾出砂鍋！

處變不驚是我的養生哲學，我不慌不忙拿出相機紀錄下「豆漿的逆襲」。

豆漿不僅徹底毀掉了瓦斯爐一帶，還滲進了爐火下方櫃子，放在下面的鍋子全部罹難，讓我之後洗得要命，還拿抹布一直吸吸吸……

吃起蘋果

滿出來了

災情慘重

只剩下六成……

加糖，加到你爽為止

大量的豆漿逃逸，我也因此失去了約四成的量。

（後記：後來我才知道，砂鍋有受熱不均勻的缺點，如果你無法一直攪拌豆漿，我絕對不建議使用砂鍋煮豆漿，不然肯定大爆發。臉盆大多是塑膠做的，也不宜拿來燒煮豆漿，會產生臉盆在大火中熔解的奇妙現象。使用一般的不鏽鋼鍋即可。）

但我不灰心，再接再厲，將砂鍋移到一旁的爐子繼續燒。

這時我加了糖。網路上說（阿宅很依賴網路資訊），綿白細糖是王道，所以我事先到松青超市買了一包，我只加了一點點，喝起來不會太甜。

由於我只剩下六成的豆漿，再加上我很保守地用小火滾，想說應該沒什麼問題了吧？於是很閒的我決定把握殘餘的時間，立刻拿白博士廚房清潔液清理受創的鍋爐。

沒想到我一噴，含有濃濃酒精味的氣體立刻將正在煮豆漿的爐子燒旺了起來！

很遺憾，只剩下六成的豆漿竟然再度大爆發，滾出了砂鍋！

於是最後我只剩下一半的豆漿可以喝，還帶有少許的燒焦味。

味丹竹炭水：「敢堅持，才有價值。」

我堅持要完美地結束這一場

使用白博士，一旁的火變得很大

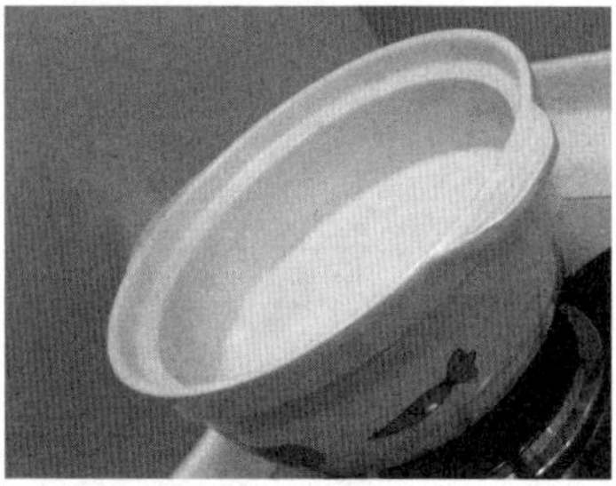
再度滿出來，剩一半

調理包出場

煮調理包

逆轉勝

煮豆漿之旅，於是我拿出了調理包！

這次序的尾聲，我們要加碼示範東坡肉調理包要如何煮。

首先，我們撕開包裝，將裡面的調理包丟進水裡，打開爐火，大火！

（祕訣：絕對不可以連同紙盒包裝一起丟進水裡煮，那會延遲煮沸的時間。）

然後，水滾了，此時還不可以吃。至少要將調理包打開。

將燙燙的調理包打開，香氣四溢，再將湯汁與肉塊倒在飯上。抱著感激的心情，謝謝不知道哪個國家發明了調理包這麼聰明又好吃的食物，灑上一點三島芝麻香鬆，眞是——讚！

最後，我們看著原本可以滿滿一大壺的豆漿，屈辱地只剩下一半，連一直在旁邊目睹這一切的柯魯咪，此時也不太諒解地從鼻孔噴了一股氣。

自己煮豆漿很難，此時我才發現過去用打的又有多麼容易。

得來不易的東西最珍貴，雖然只有半壺豆漿，又有點焦焦的，但每一滴我都喝得

柯魯咪很不屑

最後的最後

很感動，每一滴我都確實地儲存在我的體內，成爲我寫《獵命師十六》的動力。

我會因爲豆漿一直滾出砂鍋而放棄嗎？

不，我不會。

以後我也會一直自己煮豆漿，不停地改進，持之以恆地進步。

謝謝大家！

（貼心小提醒：豆漿做好之後，低調地自己喝即可，千萬不可以打電話給正妹，說：「學妹，嘻嘻，要不要來我家吃我做的豆漿！」萬萬不可，萬萬不可。）

目錄

〈艾希頓的奇幻冒險〉之章

第469話

電視上一連串的慶祝節目，看在艾希頓的眼中，簡直是冗長又無聊。

就爲了「世界全民族和平締造紀念」，窗外望去，街上滿滿都是狂歡的人群，許多人在身上塗上愛好和平的標語、高舉種族平等的海報，人們吶喊，人們歌唱，歡欣鼓舞著前所未有的歷史性大和解。

「戰爭遠去，希望到來！」

「慶祝血族回歸，全人類團結一心的大躍進！」

「攜手和平，種族大一統。」

「永別戰爭，永別暴力，永別歧視。」

「人類文明的最高峰終於來臨！」

連續五十年，整整半個世紀，世界各地都沒了戰爭。

也許小規模的地域性衝突仍存在，但人類似乎已朝「正確的方向」大步前進。

在以前，年年到了這個時候都是這般熱鬧，尤其今年可是第五十週年，每一個國家都擴大舉辦各式各樣的慶祝活動、文化講座與追思祈禱會等等，在美國如此泱泱大國更是連日煙火滿天，走在街上，人人手上拿著七彩氣球，臉上都堆滿了甜美的笑容。

艾希頓打了個呵欠，將視線拉回手中的歷史教科書。

歷史教科書實在是太無聊了，艾希頓昏昏欲睡。

歸根究柢，並非教科書天生讓人討厭，而是教科書裡的歷史一點也不吸引人。

在二十一世紀初期，由於中日韓三方爭奪釣魚台採油權所爆發的軍事衝突，陰錯陽差令血族——亦即吸血鬼——存在於這個世界上的事實首度正式曝光，引起人類社會的巨大恐慌。

早已知情卻隱匿不發的世界各國政府受到來自民眾的強烈質疑，人類的社會面臨內部崩解，血族爲了捍衛生存權，與人類的全面性戰爭瀕臨爆發，尤其以日本血族爲首的軍國勢力帶給人類世界的威脅與衝擊最大。然而日本境內的人類也開始串連組織反政府的游擊部隊，零星的戰鬥不斷，血族派軍武力鎮壓之際，其統治的合法性也備受爭議，傳言以人類爲主的日本自衛隊也開始有雜音出現。

此時，Z組織出現了。

在全人類對自己所處的世界產生不信任與恐懼之時，實力強大的Z組織出面斡旋，在全世界人類的輿論支持下，Z組織爲兩個族類仲介了珍貴的和平，暫時化解了全面性戰爭的爆發。

同一時間，Z組織長期挹注資源的席格瑪地底實驗城有了重大進展，科學家杜克博士的關鍵報告正式發表，震驚了全人類社會，血族與人類源自於同一地底生物之科學事實爲兩族帶來了和平的理論基礎。

日本代表血族與聯合國在日內瓦簽訂了「兩族和平互不侵犯聲明」，血族並允諾在不侵害人類生命的情況下以冷藏血漿維生，數千年來由血族所把持的日本政治勢力得以延續，美國第七艦隊亦同時撤出一半的軍力表示善意。

該年杜克博士獲得了諾貝爾化學獎，實至名歸。

而諾貝爾和平獎則由Z組織的領袖莫道夫，與血族的代表牙丸無道共同獲得。

此後，捐血不再是一種對他人的善意捐助，而是一種義務。每一個國家都制定了公共獻血法，不論供給是否過於需求，除了疾病患者，每個人都必須定時定額貢獻自己的血液，以換取兩族之間的和平。

此乃來自人類社會的妥協，也是禁絕血族獵殺活人的合法性基礎。

令人大感興奮的是，杜克博士與其席格瑪的研究團隊在兩年後發表了逆轉牙管毒素的解藥，一百歲以內的血族在施打後的三天內，身體將逐漸回復到人類的正常身軀，一百歲以上的血族則要花七天到二十天不等的時間。

雖然有百分之五的血族會產生抗藥性導致基因無法逆轉，但全世界的人類都相信，在杜克博士及其研究團隊不斷努力下，血族將完全得到光明的解放。

解藥的誕生，絕對不僅僅是浮於宣示性的作用。

大量生產後，八千劑珍貴的解藥被軍隊戒護送到了北京，在「中國龍」獵人團的監視下，六千名血族施打了藥劑。一週後，中國當局宣布北京成爲世界上第一個沒有吸血鬼的國際都市。

該年，逆轉牙管毒素的解藥生產了一百萬劑，在各國的軍機護送下送到了世界各地。同年，杜克博士得到了諾貝爾醫學獎，而Z組織的新一代領袖凱因斯獲得了諾貝爾和平獎……

第470話

這種爛歷史眞無聊啊，艾希頓都快昏睡過去了。

比起每天都有新聞報導說，哪些血族「患者」因爲解藥重新獲得了新生、哪些人由於擁有兩種族類的生命經驗，於是生命有了全新的領悟等等，艾希頓倒是非常注意始終不願意施打解藥的「血族反抗聯盟」與人類政府之間的戰鬥新聞。

話說，人類沒有共同的敵人，就很難維持眞正的和平。

爲了宗教，爲了沙漠裡的石油，爲了爭奪南極冰層底下的新能源，爲了水，爲了不再貧窮，爲了更加富有，爲了自由，爲了想讓別人也享受自由，爲了報復，爲了防止被報復……一群人類冠冕堂皇地掠奪另一群人類，製造了各式各樣讓掠奪更有效率的大規模毀滅武器。

在血族全面曝光後，雖然帶給人類巨大的恐慌，卻也團結了人類社會。

懸宕已久的中東問題一夕解決。所有關於種族的歧視一夜消弭。大部分的恐怖主義都銷聲匿跡。大家頓時相親相愛了起來，將「We are the world」收進隨身ipod的人變多了。

人類空前的團結，意外地，讓血族不由自主感到很大壓力。

而解藥的出現，讓血族的妥協空間，瞬間消失了。

血族與人類共同攜手和平之際，每年都有大量的血族「自願回歸」爲普通的人類，此種投誠的舉動被視爲「願意爲和平而努力」。日本血族領袖牙丸無道公開在聯合國大會堂上注射解藥，於第十三天回歸爲人類，更被當作是和平的典範，開啓了史稱「歷史大反省」的血族統治菁英的集體回歸。

回歸活動達到最高潮時，以人權爲名，冰存十庫裡存放的血族戰士也被強制甦醒、接受他們無法理解的解藥施打，新聞還以「怪物數百年的沉睡，一覺醒來，回歸爲人！」斗大的標題慶賀。

只有位於南京的冰存十庫，由於牽涉到敏感的南京大屠殺，中國當局不願給予曾殘殺中國人的血族甦醒爲人的機會，於是加以原地改建，並對外開放，令血族軍窟變成了反省南京大屠殺的歷史博物館。

「回歸」風掣雷電，但也有非常少數的血族不願意施打解藥。

起初，他們得到了尊重。

但尊重只是奠基於一種不想發動戰爭的隱忍。這種隱忍暗示了人類根深柢固的僞善，與對血族的恐懼從未消褪……只是因爲這種恐懼過度陰暗而不被任何人揭露。

直到血族人口在十年間大幅衰退，勢力消頹，人類才終於露出了眞面目——一九四八年聯合國制定的「防止及懲治滅絕種族罪公約」【註】無異議被廢止，取而代之，「種族大一統和平公約」變成了每一個國家的集體共識，進入了聯合國憲章，滲透進諸國的憲法。

在此共識底下，不肯接受「回歸」的血族則遭到逮捕，強行注射解藥後再予以監禁，企圖反抗者則遭到武力殺害與祕密處決。爲這些反抗者挺身而出、仗義執言的學者與民運人士，則遭到封口。各式各樣的封口。

反對的聲音消失了。

老實說，雖然不喜歡言論自由被抹煞，但所有人類都暗暗鬆了一口氣。

「血族反抗聯盟」這名詞第一次出現是在報紙頭條，可以說是一個「被媒體發明出來的組織」，據稱是世界上唯一與諸國政府敵對的恐怖團體，顧名思義，是由不肯回復人類身分的血族所組成。媒體說，這是一個武力強大的「團隊組織」，實際上只是一群各自行動、不肯向人類政府低頭的強悍吸血鬼。

與其說他們個別行動，不如說，他們只是如往常一樣打獵過活。

牙丸阿不思、牙丸傷心、萊斯、弗拉基米爾、白常、銀荷、上官無筵、張熙熙……全都是高懸通緝榜上的凶惡之徒，被冠上破壞世界和平的種族分裂主義者之名，面對無止盡的跨國獵人追殺。

前年聖誕夜，極惡之徒上官無筵在紐約遭到祕警圍攻，身受重傷而死，占據了連續好幾天的報紙頭條。一個月後紐約祕警局遭暴徒張熙熙潛入，是夜共有三百二十七名祕警被殺，此報復行動引發國際社會的新聞大地震，與最嚴厲的譴責。

隔年七月，盛夏，白常在法國的住處被巴黎祕警鎖定，趁著白天炸開其下榻的旅館屋頂，白常在毫無抵抗下被陽光溶解，所有過程都在網路上全程公開。沒有任何一個學者專家提出批判。

今年二月，牙丸傷心在開往香港的貨輪上被勝利火焰獵人團用毒氣圍捕，兩天後，全球媒體同時現場轉播牙丸傷心公開注射逆轉解藥的過程，牙丸傷心在成為普通人類後，持續被監禁在位於日內瓦的「聯合國人權維護監獄」。

一直有傳言，牙丸阿不思將會潛入日內瓦戒備森嚴的監獄，將飽受屈辱的牙丸傷心救出來，是以監獄的守備比平常還要堅強二十倍，也有傳言說牙丸傷心早已祕密移監。

……這才有一點點好玩嘛。

闔上無趣至極的歷史教科書，艾希頓還是打開電腦，反覆點閱白常遭到陽光溶解的新聞剪輯，也興致盎然地擊點牙丸傷心回歸成普通人類的錄影畫面，一遍又一遍，不厭其煩地……

影片中，全身被銀鏈綁住的牙丸傷心沒有說任何一句話。

他只是默默看著鏡頭。

眼神濃烈，左眼流下了眼淚。

註：由於一九一五發生在土耳其有計劃性的種族滅絕政策，超過一百五十萬名亞美尼亞人遭到屠殺，影響所及，一九四八年十二月九日，聯合國大會通過了《防止及懲治滅絕種族罪公約》（以下簡稱《防滅公約》）。公約第一條明確規定：「締約國確認滅絕種族行爲，不論發生於平時或戰時，均係國際法上的一種罪行，承允防止並懲治之。」

鳳凰展翅

命格：天命格

存活：無

徵兆：不見得成績優異，但從小就是演講比賽的第一名。憤怒地在網路上寫一篇昨天去吃一間黑店餐廳的網誌，該餐廳從此門可羅雀。你對周遭人事物的影響力會隨你的認真程度不斷增強，你的個人魅力將使你一躍成為領袖，從此再沒有「對於這件事，我個人覺得……」這類的句子，你的個人意見，都將引領風潮。

特質：對世界的一聲感嘆，會引動萬人垂淚，擁有如此蠱惑人心的高強能力，將令你擁有一張改變世界的入場券。但無法限定這種影響力是善是惡。

進化：無

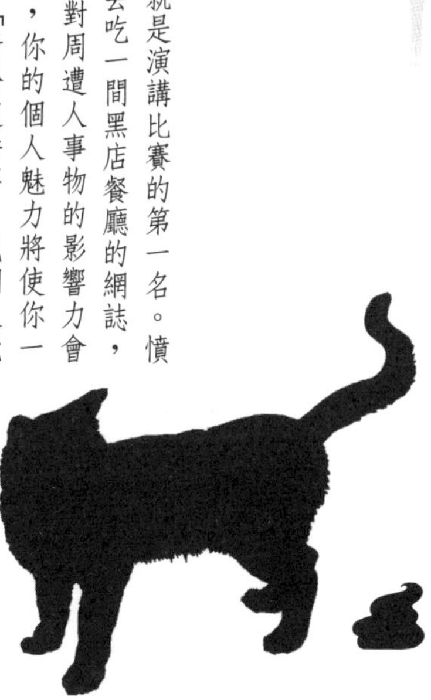

第471話

完全與邪惡無關，只是一種獵奇的心態。

和許多青少年一樣，比起死氣沉沉的和平，艾希頓為人類殘酷的戰爭史深深著迷。那種充滿血性張力的國家級暴力，那種為了種種理由、說詞與立場發動的屠殺，其確實存在於這個世界上的「事實性」，比艾希頓玩過的每一個虛擬戰爭遊戲都還要精彩。

雖說是戰爭迷，但太遙遠的戰爭艾希頓可是興致缺缺。

相反地，他蒐集了許許多多第一次世界大戰之後的戰爭史料，有的是正式的官方記錄，更多的是口耳相傳的古怪野史——即使是穿鑿附會的鬼扯也很有趣，反正正式的官方記錄也不見得百分之百真實，那不過是由勝利者口中說出來的權威字句。

原因是「影像」。

照相機與錄影機發明後，最偉大的成就便是真實記錄下人類的劣行。

日軍襲擊珍珠港、二二八事件、數百萬計的猶太人死於納粹集中營、亞美尼亞大屠殺、盧安達大屠殺、南京大屠殺、波斯灣戰爭、越戰、韓戰、中國文化大革命、太平洋戰爭、九一一雙子星大廈事件、六月戰爭……都好精彩，好豐富啊！

爲了接觸更多更戲劇性的畫面與史料，許多嚴重破損的資料書都讓艾希頓偷出了圖書館，許多乏人問津的陳舊黑白影片，網路上找也找不到，也都被艾希頓偷用已成年的哥哥的汽車駕照借了出來。

每天一放學，艾希頓都沉迷在那些人類所做的殘忍劣行上。

一開始，艾希頓看得全身發抖，從指縫中屏息看著一張又一張猶太難民的赤裸裸屍身被堆疊成山的畫面，感覺有一股強烈的尿意衝襲著股間。

到後來，艾希頓可以一邊觀賞日軍揮舞武士刀將中國俘虜的腦袋斬落，一邊津津有味將草莓果醬塗在土司上。

等到艾希頓滿十八歲，可以自由外借任何資料出圖書館的時候，他早已沒有任何資料可以借出。他幾乎都欣賞過了，也全都拷貝了兩份下來。

一份塞在書架上。

一份刻在腦子裡。

話說，不久以後就要申請大學了，成績優異的艾希頓原本想順理成章選擇歷史系就讀，但教科書裡的歷史實在是讓艾希頓越看越想睡，越看越想吐。

是眞的想吐。

兩個禮拜前，導師雅曼達女士將無精打采的艾希頓給叫進了辦公室。

「艾希頓，你的歷史成績相當出色，我敢打賭，全美國任何一間大學都很樂意收到你的入學申請書。」導師雅曼達女士，坐在椅子上蹺起她那粗大的小腿：「就如同你剛剛入學時塡寫的生涯規劃，歷史學家。」

「不，不了。」艾希頓看著雅曼達手中的咖啡杯發愣。

咖啡杯上印了「NO MORE WAR」的紅色粗體字。

……艾希頓忽然覺得那杯咖啡的氣味很臭很臭。

「爲什麼不呢？你一直擁有令人驚艷的學者氣質呢，孩子。」雅曼達女士循循善誘：「然而申請學校的期限只剩兩星期，你一張申請表都沒有送出去，老師覺得……」

艾希頓打斷她的話：「這半個世紀發生的一切，實在是太僞善了。」

「！」雅曼達女士有點吃驚：「爲什麼這麼說呢？過去這幾年，可是被大家稱爲人類歷史上最輝煌的和平歲月呢！」

與其說她的表情是對艾希頓剛剛那一句話不予認同，更像是，她很難想像像艾希頓這樣品學兼優的孩子，會說出如此偏激的話。

「老師，妳知道蟒蛇跟鱷魚纏鬥，勝出的會是誰嗎？」艾希頓沒頭沒腦地問。

「這……不一定吧？這得看誰的體型比較大才能決定？」

雖然不明就裡，但艾希頓平日可是個品學兼優的好孩子，雅曼達女士還是想了一個面面俱到的答案給他。

「果然是這樣的答案。」艾希頓顯得興致缺缺。

「要不然，你是怎麼認爲的呢？」

「我在網路上看過一張圖，答案是蟒蛇先吞了鱷魚，然後鱷魚在蟒蛇的肚子裡掙扎，最後掙破了蟒蛇的肚子。蟒蛇死了，但鱷魚也筋疲力盡死了。」

「原來是這樣，相當戲劇性呢。」雅曼達女士點點頭：「但如果是一隻巨大的鱷魚，碰上一隻還未成熟的蟒蛇，那就不一定了吧？」

「我看到兩者同歸於盡。」

「……」雅曼達女士一時無話可說。

「……」艾希頓看向窗外，操場上的同學正在玩傳接球。

「那麼，艾希頓，關於申請學校……」

「獅子號稱百獸之王，老虎也號稱百獸之王，但兩個打起來，誰會贏？」

這兩者，誰會贏？

按照最現實的體型來說，最大的老虎品種是西伯利亞虎，體長三公尺，重達三百公斤。而獅子一點八公尺，體重約兩百二十公斤。兩者狹路相逢，老虎取勝的機會要大很多。但老虎的分類有好幾種，體型差異也很大，獅子也不是只有一種，打鬥的條件不足，當然也不會有標準的答案。

話說回來，老虎是習慣單打獨鬥的動物，而獅子大都是群體生活，老虎在獵殺時是單一個幹，獅子很強，但還是講究團隊合作。所以當老虎碰上獅子的狀況，幾乎不可能是一對一，而是……一隻老虎碰上一群獅子，這要老虎如何獲勝？

但，模稜兩可的答案，顯然不是艾希頓要的回應。

「……艾希頓，你能告訴我答案嗎？」雅曼達女士露出友善的笑容。

「一般來說，由於棲息地差異很大，這兩種肉食動物在大自然裡是幾乎不可能巧遇的，如果千巧萬巧遇上了，獅子跟老虎也不會眞的打起來，因爲動物只會爲了生存下去而戰鬥，不會爲了比較誰比較強而戰鬥。」艾希頓淡淡地說，視線依舊看著窗外，好徹底避開那一個可笑的馬克杯：「當老虎遠遠看到獅子，只會用牠的獸性評估，就算大概能贏，於是爲了塡飽肚子而展開攻擊，最後勝了，我要爲此受的傷也不划算吧？同樣地，獅子看到老虎也一樣。爲了吃飽，但也爲了避免受傷，牠們寧願避開戰鬥，花更多時間去找弱很多的動物下手。」

「嗯。」

「只有人類，會因爲生存之外的理由，對另一個人類施加暴力。」

「你這麼說……」

「人類拒絕承認自己是那麼差勁的動物，在那邊大搞和平的遊戲，看了眞教人噁心。說要種族平等，卻對不同意自己的人有另一套標準。說追求言論自由，卻對反對者偷偷打壓。裝模作樣，最噁心了。」

「……一點也沒錯。」雅曼達女士豁然開朗了。

眞是悲天憫人啊，這年輕的孩子。

對人類上一個世紀的戰爭暴行依舊懷著深惡痛絕的心，越是鑽研他喜歡的歷史，越討厭那樣的歷史過程，所以才會生出不想就讀大學歷史系的念頭吧。雅曼達女士心想……這個時期的孩子，不叛逆的話反而不正常，拒絕申請學校，應該只是這優秀孩子一時小小的叛逆吧。

還有兩個禮拜的申請期限。明天，或後天？再找他談一談吧。

「好吧艾希頓，我想你也累了，今天我們就談到這裡吧。」雅曼達女士說。

艾希頓離開了導師辦公室前，轉頭說：「不過，我在網路上看過一個飽受爭議的影片。非洲肯亞有一個酋長，從印度買了一隻野生的孟加拉成年虎到他的村子，跟酋長從小養的一隻獅子決鬥。結果是……獅子贏了。」

「原來如此。」雅曼達不知如何接口。

艾希頓撇過頭，若無其事地反手關上門。

「因為酋長為了證明他養的獅子天下無敵，所以在孟加拉虎上場前，先磨光了牠的爪子，敲斷了牠的肋骨，然後再硬灌牠一公升的柴油……能說什麼呢？」

這個少年越走越遠。

越走越遠，嘴裡咕噥著……

「可以自由自在地做出那種事，面不改色……當酋長眞好。」

第472話

到底有什麼辦法，可以讓這些人類知道……

刻意壓抑自己想破壞、想征服、想看人受苦的本性一點也不有趣。

這個世界原本可以更好玩一百倍的啊！

二十二歲。

艾希頓終究上了大學，還是享譽全球的哈佛大學歷史系，表現符合預期，唸到大三時更以優異的學業表現直攻博士，現在已是博士班二年級生。

進入哈佛這四年多來，世界上殘留的血族已經徹底回歸完畢，榜上有名的惡棍越來越少，值得一提的，只剩惡名昭彰的萊斯與凶悍的牙丸阿不思仍在逃亡——他們也是吸血鬼獵人團存在的僅剩意義。

熱愛歷史的艾希頓雖然覺得現在的世界非常無趣，卻也在近代史中找到了一個極爲有趣的研究切入點。

只是，紙上研究再怎麼有趣，都比不上那一個三尺見方的強化玻璃缸生動好玩。

起先只是昆蟲。

螳螂對蜈蚣，獨甲仙對螳螂，一群火蟻對一隻蠍子，食蟲虻對土芫菁……艾希頓盡其可能地在強化玻璃缸裡實現古怪的對決。

他不拍攝，更不記錄，只是興致盎然地看。

漸漸地，異種生物之間的勝負也出現了。

眼鏡蛇，一群食人魚，澳洲食鼠兔，有毒的蜥蜴，螯尾肥大的毒蠍，黑寡婦蜘蛛，鱷龜，蛇頸龜，貓頭鷹，一群餓慌了的老鼠，肥大的蜈蚣，虎斑野貓，毒蛙，超大的螳螂，刺蝟……誰比較強？多久之內分出勝負？勝負的方式又是什麼樣子？如果將眼鏡蛇的尾巴切掉，牠還能贏得過毒蜥蜴嗎？

眼見為憑。

在宿舍巨大的三尺見方的玻璃缸裡，艾希頓用獎學金飼養「過」無數小動物，製造過各種在大自然裡不存在的特殊環境，實現各種不可思議的對決，大大滿足了他對於「強」的無限好奇心。

最後艾希頓發現，釘槍最強。

「艾希頓，大概只有我願意……不，是有辦法跟你這變態住在一起吧？」

他的室友，來自中國的林道學同學，生物所博士班的高材生，總是這麼虧他。

艾希頓的三尺見方玻璃缸之所以能如此精彩，林道學功不可沒。

「少來了，這也是你的興趣吧。」

戴著口罩的艾希頓看了看錶，笑笑，打開剛剛灌了催眠瓦斯的玻璃缸。

他戴著外科手術用的手套，小心翼翼收拾著躺在玻璃缸底的響尾蛇屍體……以及被響尾蛇弄破的虎頭蜂窩。結論就是如此，眼見爲憑：虎頭蜂團結起來，只要數目夠多，就算是毒蛇也有所不敵。

至於響尾蛇爲什麼會無端端去招惹虎頭蜂的窩？哈，那就是林道學從實驗室裡「拿出來」的母蛇荷爾蒙滴液發揮作用了。

「嘿，你覺得，如果蜘蛛人跟鋼鐵人打起來，誰會贏？」林道學躺在床上，翻著英雄漫畫：「不講道理，兩個都毫不留情地互毆喔。」

「第一次不曉得，第二次也未必，但只要雙方打三次以上。」艾希頓將響尾蛇的屍體扔進Blendtec果汁機：「之後一定都是鋼鐵人贏。」

「喔？」

「蜘蛛人輸了就輸了，但鋼鐵人輸了，那個有錢酋長大可以回去製作更強更快的武器，甚至裝置一個專門對付蜘蛛人的化學噴劑之類的。」艾希頓將破碎的虎頭蜂窩小心捧起。

「也是。」

「而且鋼鐵人可以量產，那個有錢酋長想要造多少台鋼鐵人就造多少台，十個打一個，蜘蛛人很快就變成歷史了。」艾希頓走到已塞了響尾蛇屍體的果汁機前，打開蓋子，將虎頭蜂窩一併扔下。

「狗屎，作弊有什麼好玩呢？一點也不英雄。」林道學嗤之以鼻。

所以英雄都不好玩啊，艾希頓心中冷笑。

一打一畢竟也只是戰鬥的一種形式。如果讓他「蒐集」到一隻西伯利亞大老虎，艾希頓一定會想知道，到底一口氣讓多少隻獵豹對上這頭大老虎才有獲勝的機會？當然了，要如何讓這一群獵豹同心協力也是一項大挑戰。

「對了，下個禮拜我們實驗室會有大動作。」林道學伸了個大大的懶腰。

「喔？有什麼新貨色？」艾希頓按下這台強力果汁機的開關。

轟嗚嗚嗚嗚嗚嗚嗚嗚！

這條正連同虎頭蜂窩一起被急速爆漿的可憐響尾蛇，就是林道學從實驗裡偷渡出來的好貨，反正實驗室都一口氣買很多隻，其中一隻忽然藉由空調系統脫逃，也不是不可能的事。

「下個禮拜，我們要研究牙管毒素如何在不同的魚類中造成突變的機制。」

「！」

即使是在哈佛的實驗室裡，牙管毒素還是相當珍貴的醫療管制品啊！

艾希頓大吃一驚，這意味著……

「哈哈，沒錯，你的眼神完全正確。我們把缸子加滿水，再將實驗過後的小金魚丟下去，看看是突變後的牠比較強，還是食人魚比較強！」

艾希頓將顏色混濁的響尾蛇奶昔倒進了馬桶：「林，你的腦袋眞的有病。」

「眞敢說啊你。」林道學科科科地笑了起來。

食人魚死了。

有了第一滴來自小金魚的血，很快地，玻璃缸裡的每一次格鬥都獲得了升級。

從被迫、被營造、被刻意安排的殊死鬥，變成了凶暴的戰鬥。

最強者誕生。

——釘槍，登上衛冕者寶座。

冰凍的鯨魚

命格：情緒格

存活：兩百年

徵兆：老是覺得時間過得異常緩慢，即便是一齣節奏明快的好萊塢電影，也會被你看到焦躁難耐，不停地低頭看錶。等公車時，明明只站了半分鐘，卻很納悶為何公車遲遲不來。做愛的時候老是胡思亂想：「應該可以射了吧？現在射應該不會被瞧不起吧？」

特質：對時間的覺察能力太強，導致周遭事物一出現稍微停滯的現象，你就會嚴重失去耐性。是一個可以在三分鐘之內看錶十次的怪咖。

進化：如果善加利用，宿主有可能藉由對時間的異常敏銳得到武術上的非凡進展，在視覺之外的精神層面上徹底分析對手的動作。

第473話

二十四歲。

玻璃缸裡的慘鬥還是一次次吸引了艾希頓，從沒有厭煩過。

爲了拿到由Z組織所提供的優渥獎金，將來畢業後好進入聯合國底下的「人類歷史發展基金會」工作，以接觸到形形色色的史料，於是艾希頓投機取巧，他的博士論文便是以Z組織的前領導人凱因斯爲研究對象。

起初的目的只是想拍馬屁，但艾希頓投入龐雜的史料後，大歎精彩。

凱因斯絕非像希特勒之類熱衷殺戮的獨裁者，其一生卻深深吸引了艾希頓。

這位一代偉人的出生地，他的外交官父母，他的兄長姊妹，他的就學，他最擅長的學科，他學習七國語言的過程，他最喜歡的一本書，他反覆欣賞的幾部電影，他的人生啓蒙導師，他加入的兄弟會，他的戀愛，他的失戀，他遭遇的兩次車禍，Z組織領袖莫道夫與他在柏林的偶然初遇，Z組織吸收他的目的，他進入Z組織研究部門後的貢獻，他停止大而無當的海底城建造計畫，他主張不以武力解決血族問題，他大力資助杜克博士的解藥研究，他阻止美蘇動用核彈，他親自趕赴東京與血族談判，他給予德國血族極有尊嚴的談判空間……

很諷刺，艾希頓覺得很奇怪，自己為什麼會被得到諾貝爾和平獎這種無趣的「偉人」給吸引？可越是研究凱因斯這個人，艾希頓就越感津津有味，甚至開始觸摸到深埋在史料皮相下的凱因斯血肉。

即使是人性本惡的基本教義派信徒，艾希頓在透徹研究過後，不得不承認，凱因斯是一個打骨子裡嚮往光明的和平主義者。

與其說凱因斯繼承了Z組織的精神，不如說，是凱因斯重新領導了Z組織。

過去數百年來，Z組織與其前身存在的目的，就是藉著血族與人類之間的矛盾而獲利。他們透過「仲介和平」雙邊受益，再將獲利投入種種大賺其錢的國際投資，尤其以石油、軍火、鑽石、黃金為主，在近代更以獨領風騷的科技發展，入股百分之三十五以上的國際科技公司，大賺其錢。

金錢就是實力。

但沒有足夠的實力，無法保障其金錢的價值。

Z組織與其前身，幾百年來都儲備著一支地下軍隊，到了二十一世紀初期甚至有能力打造出一支凌駕於美國航空母艦群的超科技艦隊，而「磁力」的研究更讓Z組織研發出空前精密的飛彈技術，與一支磁力特種部隊，其潛在的軍事力成爲威脅諸國武力平衡的一股超然力量。

何其龐大的怪物。隨時失控！

但凱因斯進入了Z組織後，一點一點地改變了這個龐然大物，更影響了他的頂頭上司莫道夫看待血族的敵意角度。

凱因斯的胸襟，讓Z組織一躍而上……

「這種改變未免也太不尋常了吧？」

艾希頓感到疑惑的同時，也發現了更重要的一件事。

即使只是充滿單向度的官方資料，艾希頓還是注意到，凱因斯在進入Z組織之後所做的每一個決定，都充滿了「其他的可能性」。如果他在取得核心權力後，有心要將Z組織導向另一個方向，凱因斯有的是機會……大把大把的機會……

說是仲介和平，但這個世界已有微妙的平衡。

人類可以不需要Z組織。

血族也可以不需要Z組織。

但Z組織如此龐大，在其不斷獲取巨大的暴利下，就好像一個過度攝食的嬰兒，營養過剩至他成長所需的一百倍，如果沒有一個無比確切的方向，這個嬰兒將會自體爆炸。毀滅自己也殃及世界。

凱因斯可說是趁隙而入，在Z組織最需要方向的時候——給了一個巨大的夢。

只花了半年，博士論文就完成了七成。

艾希頓在論文中，鉅細靡遺地分析凱因斯因勢利導、借勢造勢的所有過程，將凱因斯做出關鍵決策時的世界局勢加以剖析，點出：如果凱因斯當時做了另一個決定，世界的局勢會如何往另一個可怕的方向傾斜過去。

乃至崩潰。

論文的結論想之當然：凱因斯在關鍵時刻，以其善良人格與聰明稟賦，加上無可抵擋的個人魅力，做出了一個又一個將世界導引向和平終局的關鍵決定。

論文沒有提到的是，當然了……

艾希頓寫著寫著論文，常常如此情不自禁笑了出來。

「如果凱因斯是那個會長的話，這個世界一定很有趣吧，哈哈。」

第474話

聯合國通過了「世界歷史解密法」，三個月後，Z組織的批文終於下來了。偕同兩百多位各國學者，艾希頓也同時獲准進入Z組織位於紐約曼哈頓的「凱因斯紀念大樓」，進行爲期三個月的自由研究。期間，這兩百位學者專家與艾希頓得以自由取閱資料，食宿也完全由Z組織提供。

「凱因斯紀念大樓」原先是Z組織在紐約運籌帷幄的總部。

當年凱因斯交棒給Z組織下一代繼承者麥可．伯恩後，無事一身輕的他便到世界各地旅遊與演講，除外便是回到這裡整理資料，度過他的退休生活。

這個一代偉人過世後，此棟大樓便以凱因斯爲名以茲紀念，現在也維持基本的事務運作，與保管組織過去所有資料卷宗的責任。

此大樓並非戒備森嚴的狀態，它改制的目的原本就是半開放給民眾，凱因斯當年的辦公室保持過去的狀態供人參觀，還有一間電影院每天八小時重複播放「改變世界的那雙手：凱因斯的一生」紀錄片提供民眾觀看。位於紐約的每一間中學都將這裡定爲校外教學觀摩的必訪之地，外地遊客也常組團來此一遊。

另外一半不對外開放的空間也不是什麼了不起的機密重地，有些是Z組織的辦公室，有些是提供各國學者在此進行相關學術研究的圖文影音資料庫，享譽全球的聯合國「人類歷史發展基金會」便是設立於此。

現在只要申請通過，就能進入一般民眾禁止參觀的區域。

艾希頓在這裡如魚得水。

說起來大概沒什麼人會相信，進哈佛大學前一度非常討厭凱因斯的艾希頓，走在這棟高達六十層的紀念大樓裡，就像走在自己家裡一樣。

這可不是形容詞。

艾希頓從第一天揹著大背包來到凱因斯紀念大樓，一通過大門的警衛安檢，就好像回到了非常熟悉的地方，不需要指引就找到了販賣部，根本沒想過要看電梯裡的樓層索引就直覺地按下正確的數字，在浩繁如星的卷宗堆裡隨意走動，一停步，就發現自己已走到了想參考的資料前面。

或許是……或許是研究凱因斯研究得太入迷了吧？艾希頓也沒太在意。

一天又一天，艾希頓在這棟大樓裡，拿著通行證自由穿梭。

眞正花在研究的時間很少，艾希頓認眞把握這次珍貴的機會，在迷宮似塞滿十層樓的資料庫裡盡情瀏覽他所想要享受的一切，包括千年來Z組織的種種前身組織、Z組織過去藉著戰爭所幹過的亂七八糟勾當、歷屆領袖的身家背景、Z組織未完成的武器研究，以及Z組織所搜集的關於人類政府不斷隱瞞血族存在的歷史內情。

最有趣的是，在血族社會崩盤、Z組織協同聯合國部隊進駐日本後，近乎抄家似進入血族地下皇城所發現的諸多祕辛……

「天啊，天啊天啊天啊……原來有樂眠七棺那種東西？」艾希頓震驚不已：「如果當年血族開啓了所有傳說中的樂眠七棺，或許歷史就會有一點不一樣！」

宮本武藏？安倍晴明？八岐大蛇？

服部半藏？源義經？平教經？弁慶？

現在那些珍貴的石棺不是遭到了致命的破壞，就是被沉進了海底深溝。

要是他們仍在世上，一定不會接受解藥，那他們會怎麼與人類政府對抗呢？

艾希頓坐在地上，翻閱那些昏暗的地下皇城照片。

幾千年來在地底被屠戮的人類屍骸。運送活人血貨的鐵軌車。模擬日出日落聊以慰藉的日光長廊。血族試圖融合猛獸與血族戰士的人體研究，以及上千具因此報廢的畸型屍體。東京十一豺裡虎鯊合成人與橫綱的眞人標本。

太美了。

深深的感激，艾希頓充滿了深深的感激。

爲自己沒有因爲歷史變得太無聊了而放棄這一條學者之路，深深地感激。

恍惚的獵豹

命格：情緒格

存活：兩百年

徵兆：恍神是你的代名詞，放空是你的強項。時間總是在你察覺到之前就一驟即逝，有時候你甚至連是非題都還沒寫完，後面還有選擇題跟命題作文等著，終止鈴聲就已響起。坐在租書店裡摩拳擦掌看《獵命師》，恍惚之間就翻完了，當你誤解這一集的《獵命師》是否特別短時，實際上，是寄宿在你身上的爛命作祟。知道了真相，你當然常常感到自責……但問題其實也沒那麼嚴重，反正對你來說人生一下子就咻咻咻過去了。

特質：對時間很鈍感，人生如夢是你最佳的寫照。可人生不只是夢，還只是一個午覺等級的短夢。雖然存活時間不算長，但此命格如此凶霸，被稱為是ＣＰ值超高的中等命格。

進化：目前尚無研究資料。

第475話

三個月一晃眼就到了。

身形削瘦的艾希頓，極捨不得離開這麼瘋狂的聖地，每天都花十六個小時待在不見天日的資料庫裡。這裡翻一下，那裡看一看，津津有味。

巧合？終於，在研究申請期限截止前兩天，艾希頓意外在檔案室R32區發現了「讓人嚇到尿褲子的好東西」。

——第三種人類計畫。

怎麼會有那麼奇怪的想法啊？

這個古怪計畫原先的概念，是由大名鼎鼎的杜克博士早期於國際祕警署內部所提出的非正式論文中，短短半頁的內文附註所提及。

大意是，如果人類可以通過基因手術徹底改造自身的話，將有能力承受一種稱爲「類銀」的防治劑，可以預防牙管毒素的感染，當然也能因此防止血族的咬擊。

第三種人類？

「哈哈哈哈哈，眞的去幹的話，不知道會多有趣啊！」艾希頓樂不可支。

僅僅是短短的半頁，就令艾希頓瘋狂地接著尋找相關的資料。

這裡「基因科學基礎研究區」沒有。

那裡「血族相關研究檔案彙整區」沒有。

「爭議企劃處理區」、「計畫延宕後續處理卷宗」、「創意提案區」、「過渡研究與經費再議區」……統統都沒有。

「不，不可能的……林道學一直強調，Z組織在基因研究的領域上領先了全世界至少二十年以上，眞要實現第三種人類計畫，一定不會有問題的……」艾希頓瘋狂地在各資料部門來回尋找，口中不斷喃喃自語。

「就算只是暗地裡偷偷地幹，一定會留下一點蛛絲馬跡吧？」

「換了計畫名稱？對，一定是，太聳動會被盯上的……」

「研究經費一定很可觀吧，會計帳冊上說不定可以查到可疑的資金流向？」

無法判斷在裡頭待了多久，沒有吃東西，也沒有喝水，期間只匆匆上了兩次廁所，一股腦又鑽進了陳舊檔案庫。再找不到第三種人類相關的資料可就麻煩了，學者專家眾多，想重新申請進來研究至少要等十個月。

十個月！

不知不覺，也不曉得是否超過了大樓關門的時間，天花板上明亮的燈光熄滅了，只剩下資料架上的藍色燈管悠悠閃爍，空調系統也停止了運作。

滿身大汗的艾希頓還是在裡頭拚命找啊找的，不曾想過要放棄。

或許是太累了，缺乏睡眠與水，血糖也嚴重不足，艾希頓的精神狀態已有些歇斯底里。他像是漫無目的、卻又中邪似地邁開步伐，口中低聲咒罵著研究期限根本不夠之類的東西。

雙眼中滿是血絲的艾希頓，感覺雙手手掌燥熱了起來。

「……這是血糖不足的關係嗎？現在幾點了？」艾希頓甩了甩手，繼續前行。

沒想到艾希頓的雙手越來越熱，熱到發痛，到了後來簡直就像是將雙手直接放在瓦斯爐上燒烤一樣，手掌掌心出現異常的灼熱。

怎麼搞的？以前從沒有過這種感覺啊？這麼深刻的燒灼，不像是幻覺！

縱使還是想優先找到寶貴的資料，但那股灼熱越來越凶悍，雖然沒有真的冒煙，甚至也沒有紅腫，卻有一種血管裡的血液全都瀕臨沸點的暴烈感，好幾次都讓艾希頓痛到想跪下來打滾。

艾希頓在昏暗的燈光下奔跑了起來，他不得不快步尋找廁所，打開冷水快沖一下他的雙手，否則那股強烈的痛楚就會立刻將他的雙手燒離身體。

原本在這棟紀念大樓裡如魚得水的艾希頓，現在怎麼找，就是找不到廁所，也找不到飲水機，他越是焦急，越是無法冷靜判斷自己的位置，連大樓部門索引圖都找不到半張……

「警衛！警衛！」

「有人在嗎？救命啊！我的手……」

「監視器在哪裡！快！再不快點我的手就……」

越來越不對勁了。

別說廁所，艾希頓連上下樓梯的步行道都找不到，高自己身高兩倍的巨大檔案櫃遮蔽了視線，直線往前走，遇到的岔路一點印象都沒有，凱因斯紀念大樓的樓層面積的確佔地很大，但絕對沒有大到連每天浸淫其中的艾希頓都陷入錯亂的地步啊！

意識已經被……被侵入？艾希頓生出這麼可笑的念頭。

難道是剛剛翻閱的資料上有毒？Z組織預先在特定祕密的文件上塗了毒藥，沒想到那些祕密資料卻沒有妥善藏起，被自己給找到並翻閱？如果是，那肯定就是那一頁關於第三種人類的神祕文件了吧？

艾希頓胡思亂想，竭力克制痛昏過去的生物保護本能。

就在艾希頓兩腿終於承受不住、雙膝跪倒的那一瞬間，灼熱感消失了。

狠狠咬住的上下排牙齒也鬆了。

一點都不存在，一滴滴火焰也沒剩下，兩隻手掌好端端連接在自己的手腕上。唯一能證明那股灼熱感曾侵襲艾希頓的薄弱證據，便是他濕透了全身上下的冷汗。

依舊喘著氣，艾希頓抬起頭，眼前出現一道玻璃門。

「……」

玻璃門沒什麼特別，倒是上面有一道尋常可見的電子號碼鎖。

艾希頓不加思索，伸手便按。

手指答答答答，連續在塑膠材質的按鈕上按了好長一串號碼。

喀。

嚓。

玻璃門毫無驚奇地打開了。

艾希頓這才有點錯愕……

爲什麼自己想都沒想便伸手按了密碼？

又，爲什麼自己知道密碼是什麼？

以上那兩個問題，比起第三個問題，實在是小巫見大巫。

——剛剛自己輸入的那一組號碼，是什麼！

玻璃門後暈開了一陣柔和的光，顯示後方是一間兩坪見方的窄小房間。

進去？或是不進去？

對艾希頓來說根本不構成選項，他滿懷興奮地踏了進去，不料這房間開始下沉，速度越來越快，原來是一座隱密的私人電梯。

天啊，先不管自己是如何神乎其技知道玻璃門的密碼，這座電梯造得如此神祕，一定可以直達某個關於Z組織的機密重地。

一窺這龐大組織的祕境，禍福難料，說不定還有生命危險，但如果放棄了這次機會，自己往後的人生就算是通通白活了。

一念及此，艾希頓的嘴角微微上揚起來。

這古怪的電梯，下沉了約有一分鐘，才緩緩停了下來。

登。

電梯門開了，迎接艾希頓的是一間中學教室大小的「會議室」。

燈漸進地亮了，空間慢慢地暖了起來。

沒有任何人在等著艾希頓。

沒有一點機密的感覺，這裡甚至沒有一本書，沒有一張資料光碟。

艾希頓原是該驚訝他所見的一切，來個目瞪口呆之類的表情。

但更令人驚訝，艾希頓彷彿有一種預感，眼前這一切是那麼地理所當然。

當艾希頓的眼睛適應了這房間裡的光線與空無一物的布置後，從天花板與牆角等八個角度同時射出了淡藍色的投影光束，仔細一看，原來有微型投影機正在運轉。

投影光束交織成了一個全世界再熟悉不過的影像。

「好久不見了，熟悉我的另一個……全然陌生的我。」

白髮蒼蒼的凱因斯，微笑。

第476話

面對凱因斯的立體影像，艾希頓只是自然而然地坐在地上。

凱因斯的投影竟然也跟著坐了下來，反而像是在模仿眼前的孩子似地。

「我是凱因斯，全世界都知道我的名字，你自然也不例外，是吧？」

「是。」艾希頓回答。

「如果你能看到這個預錄影像，表示你真的在命運的驅使下來到了這裡，何其神奇。你幾歲了呢？叫什麼名字？是男？是女？我不知道。只知道你既然來到了這裡，對即將發生的一切也應該擁有理解的能力。畢竟，你就是我，我就是你。」

「我可沒這個自信。」艾希頓開玩笑回答。

「或許你覺得沒自信，但，我請中國術士朋友在這一層樓裡布置了奇門遁甲，就算是一支拿著最新座標定位器材的特種部隊走進這裡，也不可能找到那一扇玻璃門，你能穿越重重的機關布置來到玻璃門前，甚至……按對了你也說不出所以然的二十六位數字密碼，除了強大的命運，你能提出更好的解釋嗎？」

「不能。」

「不能，所以這是一個關於命運的故事。」

「……」

「我年輕的時候，跟隨外交官父親輾轉世界各地旅行，因緣際會在埃及遇見了一個來自東方的奇人。這個奇人告訴我，他觀察了我好長一陣子，覺得我是一個同時擁有善良心智與偉大志向的人，他決定送給我一個珍奇命運——我將因此珍奇命運開拓我的人生，也將擁有影響改變這個世界的機會。」

「命運也有送的嗎？」艾希頓托著下巴。

「起先我以爲那人是個瘋子，也不以爲意，只是讓父親作東請了他一頓飯。多年以後，我的所見所聞已豐富到足以相信一切不可思議之事，而一連串發生在我身上的不凡際遇，也讓我漸漸想起來那段前塵往事。說不定，那個奇人所說的是眞的。」

「唔……」

「於是，我動用Z組織的情報力量，想將當年那一位奇人找出來。Z組織失敗了。但那位奇人察覺到了我在找他，他便反過來找我。那天，他無聲無息地突破戒備森嚴的警衛隊，來到我的身邊，要我再請他吃一頓飯。」

「無聲無息啊……豈不是世界上最厲害的刺客？」

「他告訴我，他是一個獵命師，承襲東方古老傳統的奇幻術師，能夠自由操縱他人的命運，而這種能夠隨法術移動的命運，又叫作『命格』。命格分成好幾百種，各有不同的特性，當年他送給我的命格叫『鳳凰展翅』，善加利用的話，命格將引領我開創世界的新局。」

「竟然還有這種事啊。」

「這位獵命師說，他很高興當年送了此命格給我，我果然在世界最大的地下組織取得了最巨大的權力，因而免除了一場足以危及所有人類生存的戰爭，將這個世界導引向和平的境地。我也很高興，沒有辜負我身上的命格之力。那夜我們相談甚歡。」

「……」

「又過了許多年，我很自責。」

「？」艾希頓打量著表情沉痛的凱因斯。

「我低估了人類對血族的恐懼。當逆轉牙管毒素的解藥誕生的時候，我比誰都要高興，但，當我看見解藥變成人類壓迫血族的工具，當『種族大一統和平公約』侵入各國憲法，當Z組織的一百萬台武裝型解藥護理車出現在世界各地……這何嘗不是一種種族滅絕主義？」

「可是這一段歷史還滿好玩的。」

「你也覺得很可悲吧？血族果然開始反抗了。那些戰士反抗的歷史，有一半都被Z組織與世界政府聯手掩蓋起來，透過媒體傳達給民眾的僅僅是污名化血族的部分。我雖然位居Z組織的權力核心，但這個世界的風起雲湧，Z組織後來的變化，已不是我所能掌控，每次我想公開反對對血族的種族壓迫政策，卻被『那些人』擋了下來。」

「不勝唏噓啊，偉人。」

「我曾經推動過世界，過去世界的確被我推動了，如今，我卻無力使它推轉向更好的方向。不得不承認，我做出了錯誤的判斷。也許和平降臨了，但那絕非充滿自由精神的光明和平，而是一種集體冷血的恐怖沉默。」

「什麼光明什麼和平？當年是該讓血族放手戰鬥，一鼓作氣把對方打爛。」

「獵命師彷彿聽見了我巨大的內疚，再度出現了。這一次，我央求他換掉我身上的『鳳凰展翅』命格，取而代之，給我再一次重生改變世界的命格。」

「？」

「那便是天底下最珍貴的，奇命中的絕頂奇命，『王應許的逆轉生』。」

發著藍光的凱因斯用手指著正前方，正好戳中了艾希頓的鼻尖。

「嗯嗯？」艾希頓的身子微微向後。

「每個人在死亡後都會投胎轉世，或許是一種保護機制，每個人都不可能保存前世的記憶，一切重新開始。只有在極稀奇的情況下，人會擁有前一世殘缺的記憶，這種稀奇的例外正證明了靈魂的存在。」凱因斯緩緩地說：「有些前世靈魂會在特殊的條件下傳遞給後世記憶，已非常罕見，如果靈魂逆向傳遞記憶，則是萬兆中無一的情況。」

「聽不懂。」

「你猜得不錯，你就是我的下一世轉生。」

「……我是你，凱因斯？」

「『王應許的逆轉生』命格，能將我，以及我投胎轉世後的『新我』強力聯繫起來，但這不代表我的記憶將會傳達給新我，而是，給予新我一個機會，將新我的記憶逆向傳送給——還在人世的我。」

「越聽越迷糊了，你有把我的智商給估計進去嗎？」

「你會到這裡來，全都是因爲命格聯繫起前世今生的關係。以何種身分我就不知道了，軍人？老師？學者？運動員？警察？甚至是罪犯都有可能。幾歲來也不知道，或許你現在還是一個中學生也不一定，老人也沒關係。總之命力強大，你一定會經過種種過程與巧合來這個房間，啓動這一段我預先錄好的影片。沒錯吧？」

「沒錯，種種過程。」艾希頓忍不住點點頭。

「當然，我也不知道你會叫什麼名字。但，如果你發現我所創造出來的歷史，經過了更多年後，已經令這個世界陷於更深的苦難，只要你下定決心，你的記憶將通過你的靈魂逆向傳送給我，讓還在世的我擁有我尚未領略的資訊，與新我的靈魂。也就是——你的靈魂將在我的身體裡逆向重生。」

「太……太不可思議了吧！」

「你就是我，我是不會欺騙我自己的。老實說，你的靈魂、你的記憶會有多少比例傳送回來我這一世，我不知道，你的靈魂傳送給我的時候，我是從嬰兒時期重生，還是從掌權Z組織之後才收到你的靈魂訊息，我也一無所知，甚至我的自主性是不是會受到你靈魂傳送的威脅，我也無從得知眞相。」

「這種事……未免也太……」

「靈魂逆向轉生後，這個世界的時空會如何改變？你的轉生會不會創造出另一個平行時空，我當然也不知道。也有可能，因爲我的所作所爲改變了，會影響到你的再一次誕生也說不定，一切都是冒險。」

「未免也太……天啊天啊，竟然讓我遇到這麼厲害的事……」

「但，如果你認爲重新來過一定比現在的世界還要好，請你務必承受這樣的風險。我對自己很有自信，給我一次改變世界的新機會，我一定會讓血族擁有平等的生存權，同時擁有尊嚴，也同時擁有和平。」

凱因斯說完這一段，許久沒有說一句話，只是低頭深思。

艾希頓也無話可說，抱頭抓髮，整個人興奮得發抖。

這一對前世今生，一老一少，正用最奇異的方式彼此默默地交流著。

「下一個我，在我死去這麼多年後，這個世界究竟變成什麼樣了呢？」

凱因斯緩緩開口，語氣慈祥。

艾希頓抓下一把頭髮，激動地看著凱因斯。

「我，你只有一個小時可以思考這個問題。」凱因斯凝視著前方。

「哈哈，哈哈……哈哈…哈哈哈……」艾希頓被這一句話給逗笑了。

這個世界，原來是被我自己搞得那麼無聊啊！

「如果你覺得今天的世界非常美好，雖有小瑕疵，但這不過就是人類無法完美的天性使然的話，那麼，孩子，儘管走出去，昂首闊步地走出去。我所做的，也正是你曾經所做的，你的驕傲是我的榮幸。」

「我想吐。」

「相反地，如果你覺得這個世界充滿了不公義，充滿了邪惡與壓迫，就閉上你的眼睛，在這裡好好睡上一覺——等你再一次醒來，你的靈魂將穿越時空，與你的前生同化，我們並肩將歷史修改到正確的軌道上。」

凱因斯語畢，電梯門重新打開。

畢竟是「靈魂雙生的同一個人」，艾希頓明白了這個安排：如果不想陪「上一個自己」大玩靈魂重整的時光倒流遊戲，就趁現在走回電梯，回到地面上的大樓某層，當一個前途似錦的準歷史學家。

但如果想改變歷史，就乖乖待在房間裡。

環顧四方，艾希頓看到這房間的地上、牆上與天花板上都用細細的刻紋布置了很多看不懂的奇怪文字與圖案，直覺一想，肯定是與上一世的自己心有靈犀……這些牆壁都被施了威力強大的咒語，將在一個小時後快速增幅艾希頓體內的命格「王應許的逆轉生」。

靈魂的逆傳送一啓動，屆時想逃都來不及！

但是……

逃？

「一個小時實在是太久啦！」

艾希頓大笑，聲嘶力竭地大笑：「我根本就是迫不及待啊！」

這輩子從來沒有這麼開心過啊，這個年輕的準歷史學家爽得快尿褲子了。

當年自己的確是犯了錯，犯了大錯，唯一一件做對的事便是：質疑自己。

艾希頓再不想錯過以全世界當作戰鬥舞台的機會。

誰比較強，誰比較弱，他絕對不會再白痴地錯過一次！

所有的強弱遊戲都要玩個夠！

每一個歷史抉擇都要審慎評估後再用惡作劇的心態引爆！

「我，我相信下一個我。」預錄的凱因斯張開雙臂，憐惜地看著艾希頓。

「你，眞無聊。」

艾希頓舒舒服服躺在地板的咒文上：「不過沒關係，等等我就幫你矯正。」

咒文一震，奇妙的光芒隱隱若現。

闔上眼睛。

此生此世，再見了……再見了……

下一次睜開眼睛，至少要記住那一個偉大的瘋狂計畫……

蜈蚣盲從

命格：集體格

存活：三百年

徵兆：平常很會迷路的你，原本以為老老實實跟在大家的屁股後面就可以走上對的路，不料卻害大家集體迷路，一人幹變一堆人幹。古代人稱之為鬼遮眼，將命格造的孽推給鬼去擔，雖說是一種迷信，但……鬼遮眼的確是存在的。

特質：與「迷途失反」有異曲同工之妙，但集體迷路比一個人迷路更讓人絕望，瀰漫在眾人之間的恐慌感將加速命格的能量。但只要大家一哄而散，各自尋找路徑，反而有機會因而脫離命格的三百公尺影響範圍，並找到出路。

進化：星艦迷航

〈續・呼喚亡靈的大海〉之章

第477話

這個世界上，竟存在著比砲擊、比飛彈都還要威猛的力量。
灼烈的白光轟爆了攔在前方的海妖巨臂，海牆散落之際，凌駕在想像之上的高溫將施了咒的海水瞬間吹成蒸氣，吹上了路易斯號巡洋艦的甲板。
吹上了，服部半藏毫無表情的臉。
「趁隙開砲！開砲！」
美軍的唯一共識，便是不斷開砲阻止極度危險的忍者群。
頃刻間，砲彈如雨橫射。
「大神祈咒——天無邊！海無界！」
安倍晴明瞪著甲板上的老貓，十三指飛快結印。
史上最強的陰陽師渾身發出黑色魔光，令亂舞的大海瞬間重振旗鼓。
海水拔升，聚攏成臂。
新的海妖巨臂重新攔在路易斯號巡洋艦前方，承受人類軍艦的砲擊。

只剩下區區三百公尺。

區區的三百公尺！

不知何時，竟站在航空母艦指揮司令塔上的兩道黑影，無人注意。

一個駝背痀僂，一個瘦矮如猴。

「命力劇拓，銅牆鐵壁。」

駝背痀僂的黑影，是個老到快沒老朋友的超級老婆婆。

老婆婆雙膝下跪，左掌按著自己的額頭，右掌緩緩地朝著司令塔頂端按下。此刻她正施展威力強大的命力結界——唯有積貯了五百年以上的命格能量，才有辦法將如此龐然大物給緊緊包覆住。

只一眨眼，「銅牆鐵壁」的命格能量便充盈了整艘航母。咒力點燃了結界，結界能量超出了航母的承受力，往外膨脹，將不斷逼近的路易斯號巡洋艦輕輕一震。

雖有海妖巨臂傾力相托，路易斯號卻古怪地遲滯起來。

「老身也來。」

瘦矮如猴的黑影，是個被歲月折騰到極致、連鬍子都長不出來了的老者。

老者揣著懷裡的小白貓，小白貓低聲嘶叫，老者混濁的眼珠子突然打開了條縫，右手雙指成戟，在指尖上形成一團肉眼無法看見的命格能量球。

命格能量球越來越大，濃烈的能量幾乎膨脹到肉眼可見的躁鬱黑色。

「準備好了，那便——」坐在航母甲板底側的老黑貓，輕輕吹了一口氣。

一口氣，化作一道驕傲的白光。

無須醞釀，這麼強大的法咒卻毫不需要醞釀！

渾厚的白光像一支長戟，一口氣狠狠刺穿了三隻海妖巨臂，捅出一個大缺口。

「命力碎結。」瘦矮老者的眼縫中迸出光來，能量球從指尖上溜滴滴地彈射出去：「去吧，『萬念俱灰』，去吧！」

當能量球掠過海妖巨臂的創口時，強大的大神祈咒完全使不上力，便讓命格「萬念俱灰」好整以暇地掠過了重重厚實的海牆，來到路易斯號巡洋艦上空。

老者五指箕張，隔空一抓。

「萬念俱灰」能量球登時破碎，化成上千彈丸，傘形下墜。

遠在天際之上的大陰陽師，目睹了眨眼便發生的這一切。

目瞪口呆，就連安倍晴明也無法分暇以對。

命力輕易貫穿了肉身，路易斯號上的一千八百名忍者，瞬間臉色大變。

這兩個年紀加起來超過一個朝代的獵命師，可不是一般的老人。

他們比一般的老人活得都要久。

漫長人生有至少一半的時間，這一男一女在獵命師的族群裡，都與「超強」二字沾不上邊，甚至與「高手」兩字也不會被聯想。

他們的平凡，令他們避開許多來自其他高手的挑戰，讓他們免於出赴高危險的任務，漸漸，那些族人口中所謂的「超強」，一個一個將他們的生命還給老天爺，或送給了可怕的敵人。相反地——

他們平庸地活下來了。

活下來的每一天，都有意義。

目睹了五次自己的子孫彼此殘殺，擔任了十四次冷血的祝賀者，每多活一天，每多看一次早晨的太陽，每多一次不貪心的呼吸，那些「弱」，那些「平凡」就會多累積下一點點——他們就比過去的自己還要「強」上一點點。

遲了，也只是遲了。

該來的終究還是會來。

百歲過後，他們終於與那些被稱爲「天才」的年輕獵命師擁有相同的力量。

一百二十歲過後，他們終於擁有輕易抹殺「天才」的必殺技。

一百四十歲過後，他們終於，終於從那些天才、那些高手、那些強者含糊不清的口中，聽見「……你們……這……這兩個……老……怪物……」的顫慄尊稱。

殺人公，殺人婆。

眼見世界大戰爆發在即，這兩個怪物便跟隨著大長老潛上了這一艘航空母艦，一句話也沒問，一個想法沒提，只曉得跟著大長老征戰便是。

而現在，他們心底暗暗感激大長老命令他們相隨此行，只因——

眼前的敵人如此之強，超乎想像以倍計，可見大長老對他們兩人的看重！

第478話

「白線兒，走吧。」

「徐福很危險，先不說他的力量已經大得無法想像。京都早已是血族的禁臠，就算是一千個獵命師聯手攻進去，生還者也數不過五根手指。」

「我不是一千個獵命師，你也不是一千個獵命師。我們兩個加起來，如果還不能直搗地下皇城殺死徐福，這世界上也不會有人辦得到！」

「也許，這世界上眞的沒有……」

「臭貓！當年我們一塊幫助鐵木眞，殺得西域血族一蹶不振的豪情壯志，你不會通通忘了罷！」

忘了嗎？

航空母艦甲板上的老貓，凝視著高踞高空的那張臉。

凝視著，千百年前的古老回憶。

回憶中，那一夜，老朋友的那一張臉，模糊難辨。

只因那一夜老貓所說的每一句話、每一個字，都無法正視著那個老朋友。

「烏禪，我的朋友。活著是一件讓人舒服的事。我從人的身上學到了滿足，或者是你所鄙視的懦弱。我寧願就這麼平平靜靜地活下去。不再有什麼挑戰，不再有驚心動魄，簡簡單單，就是一隻貓所嚮往擁有的和平。」

「……」

「烏禪，罷了。沒有人能一直當英雄的。也別……老是強迫一隻貓跟在英雄的旁邊。」

「……」

「這世間要美好，就別老是將煩惱攬在自己身上。老朋友，隨時歡迎你找我共赴大漠甘泉。我一直懷念著坐在鐵木眞旁，一起吃著西域葡萄的時光。」

老貓連老朋友的背影都不忍再看一次。

那夜選擇轉身離開的，是牠。

七百多年了。

每一天，老貓都爲了無法將老朋友最後的背影刻在記憶裡，而悔恨著。

七百多年了。

悔恨了二十六萬個夜晚，沒想到最後老貓自己也踏上了相同的旅程。

此時此刻，強大的敵人節節逼近，黑色老貓面對著魔氣猖狂的大海，心中想著的竟然不是如何打倒傳說中的強大敵人。

第一個撞入心頭的，到底還是……七百年前，老朋友的那一把孤獨長槍。

□

暴雨籠罩的天際上。

功力摧升到極限的安倍晴明，額頭尖迸出了一條血線。

爲了對抗「銅牆鐵壁」異化成的命格結界，大祈神咒不斷強化海妖巨臂的力量，試圖將路易斯號推送向前。安倍晴明所剩不多的法力，汲水似一股一股從體內拚命壓榨出來，除了守護路易斯號，還分出兩隻海妖巨臂往前拍打。

「銅牆鐵壁」既然號稱銅牆鐵壁，自然承受得了千軍萬馬的攻擊。

問題是……這兩隻海妖巨臂的力量還在千軍萬馬之上啊！

守護住美軍航空母艦的命格結界，被海妖巨臂這麼重重一拍，又一拍，然後又一拍又一拍，竟給拍出了氣場裂痕。路易斯號又往前逼近了五十公尺。

「真厲害。」殺人婆似乎對結界遭到破壞不感訝異，反而覺得理所當然：「活得越久，果然就越厲害呢……咳……咳、咳咳……」

轟咚！

此時，原本抱頭鼠竄的八岐大蛇竟捲土重來，趁著所有軍艦都忙著對付海妖巨臂的時候，在大海底溜過數枚魚雷的夾擊，一鎖定，便在航空母艦正下方直接上衝，想辦法給人類的主力來個翻天覆地的震撼。

只是「銅牆鐵壁」是全面性的防禦，八岐大蛇這一撞，只撞得自己眼冒金星。

「那怪物也不能小覷啊。」老者瞪著海面下。

根本不需要特意凝神斂心，就可以感受到那頭凶獸所負載的龐大能量。

只存在於數千年巨獸的霸王命格——「吞食天地」。

「銅牆鐵壁」碰上了「吞食天地」與「大神祈咒」的攜手連擊，無論如何討不了好，幸好人類的砲火提供了不少對付海妖巨臂的力量，否則一下子「銅牆鐵壁」就會分崩離析。

說得輕鬆，做來辛苦，使勁突破的安倍晴明異常困頓，額尖裂開血線的他，已有半邊臉妖化成了傳說中的大妖九尾妖狐。

藉助著原已割捨不用的戾氣，安倍晴明將法力一點一點壓榨出來。

如今，只要能將這支艦隊攔在海上，即便是要邪化成九尾妖狐也在所不惜吧。

只是……

「現在後悔分化妖力給了『那一個人』，也沒有多大意義了。」

安倍晴明苦笑，繼續操使海妖巨臂拍擊擋在前方的命格結界。

□

甲板底側上的老貓，還沒停止牠的苦澀追悔。

聽說，也僅僅是道聽塗說。因爲那場征戰後只「一人」獨自生還。

烏禪率領的蒙古艦隊，在大海上遭遇了吞噬雷電風雨的龍捲妖怪。

七百年前徐福那廝親自布下的邪惡陣仗，比之今天，恐怕還凌駕在上吧。

「老朋友，在海上碰到凶惡龍捲風的你，一定很氣我沒有在你身邊吧……」

白線兒嘆氣：「現在，我或多或少明白了你的心情。」

眼看著命格結界即將崩毀，眼前的安倍晴明果然名符其實。

時間所剩不多，那麼……

一口氣決勝負吧。

白線兒的身影虛幻膨脹，三千年的道行輕易地張開異度空間，白線兒的軀竅已幻爲虛無，取而代之，一股耀眼的灼熱衝射出去，直撲凶惡拍打結界的海妖巨臂。

那股生氣蓬勃的狂熱。

那道無法逼視的強光。

那九對象徵絕對生命與絕對死亡的驕傲翅膀。

「太古召祕——敦煌太陽鳥！」

兩隻海妖巨臂被九對張開的耀眼翅膀給割開，咒力消解，海水蒸散。

人類的砲彈在敦煌太陽鳥的狂熱飛翔中，也毫無抵抗地熔解墜落。

那又是什麼怪物？

猶如烈日，不可逼視。

縱使尚在其餘海妖巨臂的籠罩守護之下，再一次，路易斯號巡洋艦上這一千八百名視死如歸的忍者有了絕望的感覺。戰慄，空洞，發冷，一片空白。

絕望，當然不意味對死亡的畏懼，更不代表害怕。

這一千八百個忍者，原本就沒打算活著回去。

只是。

想死在對的地方。

「那是什麼？」安分尼上將目瞪口呆。

「要對……那東西攻擊嗎？」副官倒抽一口涼氣。

「不！」雖逢驚人異變，安分尼上將到底是一代名將，對敵我之分瞬間了然：

「全軍聽令，繼續朝路易斯號集中攻擊！」

眼花撩亂的飛彈，像慶典煙火朝路易斯號拚命施放。

千里火，萬丈光。

每一滴落下的雨都飽滿了光的反射，晶瑩剔透，成煙。

「不虛此行。」殺人公忘了他最擅長的呼吸。

「再無遺憾。」殺人婆深深震撼。

天底下再無一個術，勝得過這種純粹的力量了吧。

「不論誰勝誰敗，都是了無憾恨的結果。」

化成敦煌太陽鳥的白線兒，熱燄萬射，火翅又掃開了一條海妖巨臂。

燄化成霧。

海妖巨臂崩落又生，生又急速聚攏，撲抓著驕傲展翅的太陽鳥。

太陽鳥不閃不避，火翅拍甩，流燄四射。

半張妖狐臉的安倍晴明怒道：「我……可不認同！」

一半的忍者跪了下來，另一半的忍者竟然視線模糊。

優香猛抓著頭髮，咬著鹹鹹的下嘴唇，眼神避開了她最尊敬的背影。

「徒子徒孫們……還不到放棄的時候啊。」

服部半藏平靜地高舉右手，指尖上的卍字苦無閃閃發亮。

「如果敵船上眞有傳說中的那一族人，今日，就是我服部半藏最強的一天!!」服部半藏無視滿船的絕望，猶自大笑：「踏上航母後，且瞧瞧你們老大的手段！」

在神魔大拚鬥之際，高空中，還有一個人。

區區一個毫無術力的人類，卻無論如何不想被忽略。

雷力。

一句話也沒說，只是瞇起了眼，動了動手指。

一枚飛彈筆直地掠過傾盆雨下的烏黑天際，朝著安倍晴明呼嘯而去……

第479話

索命鐵鍊的鏗鏘聲，在黑色大海上嗚咽迴盪。

四千具坐臥在浮筒裡的半人半屍，茫然無識等待著最後的命運。

萬鬼之鬼。

全日本最強的腦能力作戰系統。

幸運的話，再過幾個小時，也許一枚砲彈，也許一枚魚雷，轟轟轟轟，四千條不算生命的生命，其可悲的命運就得以因死亡而終結。

一樣，一艘軍艦停泊在萬鬼之鬼的大陣旁。

白力與白非淋著雨，四隻腳踩在畫上巨大血咒的軍艦甲板上。

「……這雨不曉得還能下多久。」白力抽著菸。

第七支菸。

「放心吧，在夜晚來臨前，那個男人不會讓它停的。」白非吐著菸。

第十二支菸。

這兩個年齡已達三百歲的幻術戰士，在白氏貴族裡還算是毛頭小子，但他們出類拔萃的幻戰能力，令他們得以銜命防守重要的大海。

若更前方的安倍晴明與八岐大蛇攔不下美軍，這一道萬鬼之鬼的防線，被攻破也是遲早的事。

所謂的「被攻破」只有一個明確的定義：被殺。

只不過在那之前，他們要盡情一戰，讓人類看看血族到底可以有多恐怖。

「話說啊……安倍晴明到底有多厲害？」白力抬槓。

「連老祖宗他們見了他，大氣也不敢吭一聲，就略知一二了吧？」白非回想安倍晴明甦醒後，曾短暫與白氏貴族相互致意的畫面。

「難怪那麼臭屁，一個人帶著八岐就衝了。」白力語氣頗爲不屑。

「萬鬼之鬼這裡太靠近日本，等洋鬼子衝來這裡再出手，很危險了。」白非隨口：「安倍先衝，有他的道理。」

「該不會是不屑跟我們萬鬼之鬼聯手吧？」白力不曉得在氣什麼。

「就算不屑也是正常，我們在安倍的眼中只是小鬼。」白非倒是頗能接受。

「我不是很認同那些老祖宗啦，眼見爲憑，我很想親眼看看安倍的手段。」

「也是，沒看到安倍傳說中的咒術戰法，眞是遺憾。」

白力這根菸才抽到一半，便嫌惡地捻在甲板上：「據說服部半藏也去了。」

白非也不算訝異：「喔，是嗎？怎麼去的？忍術裡的海遁能遁這麼遠嗎？」

「不清楚，總之服部自然有他的一套。」白力又點了一根新菸，冷冷道：「說來說去，服部也太愛現了吧……搞那什麼節慶的氛圍啊！」

兩個人繼續抽菸，繼續瞎扯抬槓，彷彿不吸菸就會說出不該說的話似地。

外表看似勇敢地把守萬鬼之鬼，這兩個三百多歲的年輕血族，心底怕得要死。

比起經常浴血戰鬥的牙丸武士，殺起人來兵不血刃的白氏貴族總覺得自己高其一等，平日相處，白氏甚至連多看牙丸一眼都覺得多餘。然而，雖擁有極爲優異的幻戰能力，但能力歸能力，勇氣是勇氣，白力與白非養尊處優慣了，上面要他們戮力赴死，還眞有點心意不定。

只是，這兩個人相當愛面子，也一直想在那些老到身心腐朽的白氏貴族前證明自己已能獨當一面。萬萬沒想到，老祖宗們認同他們之後交付的第一件事，便是命他們前來這鬼地方與敵人同歸於盡。

始料未及啊……

兩人指尖的菸，一根接著一根。

前方似乎什麼動靜也沒，一艘敵艦的影子都沒看到。

「會不會……到了最後其實沒我們的事？」白力看著模糊的海平面線。

「安倍晴明是有那種本事。」白非不置可否。

「眞不甘心。」白力皺眉：「我已經打算死在這裡了，結果卻被安倍跟服部搶了所有的功勞。」

「我也是。」白非翻白眼，語氣顯得很無奈：「好好死在這裡，教躲在後面享福的老祖宗另眼相看。」

「不死在這裡的話，回去老祖宗一定也沒什麼好臉色。」

「快來啊……快來啊……美國人不是那麼不堪一擊的吧？留點給我們打啊。」

兩人突然笑了出來。

這一笑，很快便不能笑了。

天際還未震動，萬鬼之鬼便察覺到遙遠的前方有大量的戰鬥機逼近。

跟在後面的，還有足以毀滅一個國家的軍艦團。

「安倍輸了。」白力抖眉，裝出一副「也不過如此」的鄙視表情。

「服部也輸了。」白非哈哈，裝出一副「終於該我上場」的得意臉色。

白力與白非用不讓對方察覺自己已腿軟到微微發抖的速度，慢慢地站了起來。

在閉上眼睛專注應敵之前，他們最後一次看著遠方。

要是安倍與服部都輸了，這兩個初出茅廬小屁孩的下場，再明顯不過。

「我不怕死，但死了難免有個遺憾。」白力戀戀不捨地閉上眼睛。

「喔？」白非闔眼時，連戲劇性十足的嘆氣也省下了。

兩人的腦波已瞬間連接上了四千具大腦，將腦能力數以千計地倍擴出去。

腦能力輕易地搜索到一百多架戰鬥機的位置，鎖定了一百多顆飛行員的腦袋。

「死了以後，就不能聽到歷史對我們如何評價啊。」白力靜下心來。

「儘管放一百個心吧，就算我們僥倖贏了，歷史也不會記錄下任何東西……」白非調整呼吸。

此時，不計其數的艦對艦飛彈後發先至，從後方超越一百多架F22戰鬥機。

艦對艦飛彈的身影劃破烏黑的天際，在軍事衛星的引導下朝東京海岸線咆哮而去，留下一連串震耳欲聾的空氣裂動聲。

「……」白力皺眉。

尚在萬鬼之鬼後方列隊歡迎客人的日本海上自衛隊，應該不會眼睜睜讓這幾百枚飛彈砸在自己身上吧？

無論如何，白力與白非已無暇替後方的東京艦隊擔心。

「幻術絕祕，白氏空間。」

白力睜眼，雙瞳急亮，幻術能力藉由萬鬼之鬼迅速倍化。

上百個長了鬼眼的巨大鐵陀螺嗡嗡嗡飛上天際，一眨眼，立刻繁衍成萬。

若這些鐵陀螺撞進了飛行員的腦海裡，還不令滿天的鐵鳥墜落？

「幻術絕祕，白氏空間。」

白非語畢，雙瞳燦爛如日，全身隱隱冒出汗煙。

好幾千條超巨大的管狀怪獸密密麻麻從海面上冒了出來，像海草一樣冉冉晃動，在半空中張開大嘴，預備用最原始的方式捕食最先進的F22戰鬥機。

聽起來這種狀似「捕蠅草」的管狀怪獸攻擊很愚蠢，但無限伸長體態的管狀怪獸可是漫天鐵陀螺最佳的掩護，也是令F22戰鬥機浪費飛彈的最好活靶。

白力狠狠咬牙。

後悔也來不及了，別想太多……專心！專心！

這個時候才逃，到哪都不用作人了……拚了！

白非摒除最後的雜念。

新一頁的空海大戰，開始。

也是結束！

百試不中

命格：集體格

存活：六百年

徵兆：由於是機率格演化成的集體格，故最悲慘的徵兆，莫過於身負命格的你住在這棟大樓裡，於是一整棟大樓裡的所有住户都受到牽累，全都沒辦法順利傳宗接代。全班考試都大槓龜。一起搭捷運都會搭到系統跳電。幸運的是，即使大家集體自殺，恐怕也沒有人會成功。

特質：慘。慘慘慘慘慘慘慘慘慘慘慘。此命格就是大肆掠奪寫在眾人臉上的慘字而進化，大家屢試不中的挫折就是其成長的要件。

進化：錯身而過的隕石

〈異動的時間之輪〉之章

第480話

依舊是雲層厚重的綿綿陰雨。

灰色大海的彼端，八十二艘大大小小的軍艦嚴陣以待。

日向級直昇機航母、大隅級直昇機航母、白根級直昇機巡洋艦、金剛級神盾驅逐艦、太風刀級飛彈驅逐艦、高波級反潛驅逐艦、石狩級巡防艦……列陣排開。更遠前方還有八重山掃雷艦，與蒼龍級柴電潛艦作爲先行者，沉穩地凝視著隱隱傳來嗚咽聲的海平面。

他們是美軍攻進日本國土前的最後一道防線。

沒有退路，前方亦盡是具壓倒性實力的強敵。

比之來勢洶洶的美軍第七艦隊，日本海上自衛隊加上空中自衛隊的軍力，論艦艇數量、戰鬥機數量，乃至飛彈砲彈總數，均有過之而無不及。

只是，戰爭並非單純的數字遊戲。

美軍之強，無與倫比。

「長官。」雷達官抬起頭：「敵軍又動了。」

日向級護衛主艦艦長佐藤總一郎，默然看著雷達觀測器的反應。

無法計算的光點，終於出現在赤色警戒區。

這也意味著遠在前方鏖戰的血族英雄的潰敗，艦長心中一嘆。

「該來的總是要來，全軍維持陣形，艦隊持續推進。」艦長鐵著臉。

離日本命脈的東京越遠，打起來，自衛隊便越有揮灑空間。

甲板上的F16戰鬥機如蝗蟲般起飛，準備在空中迎接攜帶厚禮的客人。

這幾十年塞滿庫房、琳瑯滿目的各式飛彈，也是時候清一清了。

「左前，右前，開始分散艦距，中間艦群挺進。」

「飛彈自動防禦裝置再次確認，注意，再次確認。」

「一號潛艦，二號潛艦，電子魚雷預備。三號潛艦偵防回報。」

「全體第一控砲手待命，第二控砲手接替待命。」

命令一個接一個，有條不紊，展現日本自衛隊風雨飄搖中的堅強。

不勝唏噓啊。三個月前，美日友好如漆，根本想像不到今日的局面。

現在，總兵力三十五萬人的日本自衛隊已有二十四萬名將士集結在東京，欲與美軍決一生死。坦克與裝甲車在主要街道卡好了優勢位置，狙擊手也在許多大樓找好了最佳的偷襲角度，陸上自衛隊築起了一道又一道恐怖的火力牆，美軍搶灘的難度至少是諾曼第的十倍。

沒錯，陸戰。

表面上，爲了人道考量與國際觀感，美軍將不會採取轟炸東京城市的策略。

實際上，美軍當然了解，即便從空中用萬噸炸藥稀里嘩啦爆爛了東京，對深藏在地底下的吸血鬼軍團依舊不痛不癢，空襲只會浪費砲彈，更污名了這一場「正義」的復仇之戰。

若要眞正接收東京，一場短兵相接的街道巷弄攻防戰勢不可免，等到清光了由人類組成的日軍，再用優勢武力在地表布下天羅地網，慢慢地，有系統地，將從地下皇城湧出的吸血鬼一一殲滅。

然而……

「要踏上東京，也得看我們同不同意。」日向級護衛艦艦長冷笑。

第七艦隊很強。

但強龍不壓地頭蛇，自古不變的戰爭至理。

近年日軍自行研發出的、命中率幾達百分之百的89式地對艦導彈，絕對是美軍艦隊的頭痛大敵，這種高科技飛彈遠遠從東京山後基地發射，能穿過複雜的山勢地形、再掠過平整海面，最後還能夠命中一百公里外的艦艇。

即使第七艦隊有全世界最完善的飛彈防禦系統，也不可能攔下所有的89式地對艦飛彈。這下子驕傲自大的美國人可有苦頭吃了。

「衛星就緒，敵艦鎖定完畢。」山後飛彈基地傳來：「請求攻擊許可。」

日向級護衛艦艦長毫不遲疑：「同意攻擊許可。」

一個簡單的命令，讓近百枚89式地對艦飛彈從東京後方緩緩升起，一到特定高度，隨即抓破層層烏雲，以超音速飆向大海不懷好意的彼端。

希望這一批昂貴的煙火，能將美軍炸沉至少三分之一的戰艦……艦長祈禱。

「注意！注意！美軍發射至少兩百枚艦對艦飛彈，正向全軍襲來！」幾艘戰艦的戰情雷達官同時驚呼。

「飛彈防禦系統已經自動運作，全體軍官——紅色震盪衝擊預備！紅色震盪衝擊預備！」日向級護衛艦艦長握緊拳頭：「救生艇預備！」

現在是要較量彼此的飛彈防禦系統嗎？

「還是，要比一比誰的飛彈存量比較多！」艦長扭曲的臉，衝口說出。

很快地，頂上這一片綿綿陰雨的天空，就會被你來我往的飛彈不斷穿梭交織。

最後，燒成末日的紅。

瞬間儀動

命格：天命格

存活：無

徵兆：毫於徵兆，宿者周圍空間出現不安擾動的現象，令宿主正在做某件事時突然消失，又莫名其妙出現在某個空間。歷史上經常有這種神祕的消失事件。

特質：宿主無法掌握何時跨越空間，也無法決定要跨越到哪一個空間，跨越的空間與宿主上一次身處的空間之間有何邏輯，文獻也缺乏記載。幸與不幸實在非常難說啊！

進化：無法進化，但關於空間移動的命格還有不少，受宿主意志控制移動距離與空間的命格尤其威力強大，如「心念儀動」。

（陳昊暄，南投縣，急著長大去考機車駕照的十六歲）

第481話

澀谷，東南區。

「艦隊來了消息，在兩個小時內會嘗試登陸。」

凡赫辛兵團的「聖劍天使團」副團長艾蜜莉，同時也是這一支特別部隊的隊長，她率領其餘十四位先遣部隊隊員潛入東京收集自衛隊的街戰布局情報，已有兩個禮拜。

這幾天還與血族發生零星的戰鬥，折損了十七名隊員。

他們所獲得的軍事情報，其價值絕對遠遠超過那十七名勇敢的英靈。

一千五百門高射砲的部屬位置、移動式地對地飛彈裝甲車的路線、彈藥補給連的位置、三十四個通往地下皇城的隱蔽地面入口……全都傳回了艦隊，提供二十支陸戰特攻隊整合利用。

「登陸前二十分鐘，我們負責在澀谷的西區製造騷動，分散自衛隊注意。」

「是。」

「到了下午五點，直接加入防禦點的戰鬥。晚上的戰鬥會很辛苦，死的人會很多很多，抱著想回家的心態一定會軟弱。不如，我們一起將名字刻在將士紀念碑上吧。」

「是！」

□

築地，一間破敗的魚貨行。

「命令來了。」

獨眼的獵人希爾頓剝著熟透了的橘子，分給僅剩的夥伴。

「兩個小時後，登陸戰開始，我們負責引導陸戰隊進入築地，到了晚上戰鬥就沒我們的事，負責在外圍監視敵人的游擊狀態。」

「……」聽起來監視外圍很危險，哪可能沒有戰鬥。

「我們這一組人馬只剩下我們這五個。」因原本的隊長死去、暫時代理特遣隊領袖的希爾頓語氣聽起來格外感傷：「聽起來全軍覆沒也是一個好答案，但，總要有人活著回去，告訴這個世界這幾天我們做了什麼。」

驍勇善戰的隊員吃著橘子，報以苦笑。

「讓我們信任全世界最強大國家的力量吧。」希爾頓只能同樣苦笑。

□

台場，多彩城。

「一如預料，跟艦隊取得聯繫了。」

隸屬國際祕警署的訓練教官安卓，過去一週的身分是潛日特攻隊隊長。

安卓率領由美國祕警署組成的B2特攻隊，這一週來已經在台場十五棟大樓基柱下埋好了火藥。算準時機引爆，大樓一倒，不僅駐守在附近的日本陸上自衛隊的坦克便出不去，引起的巨大煙幕也會形成對美軍最佳的掩護。

二十一名隊員屏息，滿懷期待看著這位身先士卒的領袖。

安卓用手指比了一個「二」。

「兩個小時後，我們要在台場幫陸戰隊炸開一條血路。」

二十二組腎上腺瞬間沸騰。

□

目黑，美術館地下。

「現在對錶，五點十二分。」

歷史上，唯一一個連續十年都進入世界獵人排行榜前五的超級獵人，擁有死亡甜心之稱的「潔維兒」用塗了粉紅油彩的手指，敲了敲錶。

十三個來自不同國家、不同膚色的女孩一起看錶。

這些女孩跟隨實力超強的潔維兒，受雇各國祕警署轉戰各地，獵殺三級以上的超級吸血鬼已經有五年時間，她們自組的獵人團「粉紅指甲」爲數不過五十名女孩，卻已小有名氣。

這次受雇美國軍方潛入日本的團員，全是殺手中的殺手。

「整兩個小時後，我們要引導陸戰隊第四攻擊部隊朝惠比壽進攻，天黑以前要將防禦點建立好，再來就是開開槍，砍一砍，殺殺敵人，殺到天亮爲止。」

「……」

「天一亮，不管戰爭結束了沒，依照合約條件，我們都可以回家了。」

「好耶！」

□

秋葉原，動漫街。

「弟兄們，陸戰隊預計兩小時後發動登陸。接下來的任務非常簡單。」

推了推鏡面有點糊糊的金邊眼鏡，學者模樣的費雪露出歪歪斜斜的牙齒。

空氣中，瀰漫著一股又香又濃的髮味。

八個將襯衫紮進了褲子的阿宅學者，到了關鍵時刻，聚精會神地拿出筆記本。

「收到艦隊訊號後，按照編號，我們逐一啓動預先設置好的EMP電磁脈衝裝置，裝置一共有十七組，每個人負責兩台，非常公平。由於我是隊長，責任重大，就讓我負責三台吧。」

「……」八個阿宅學者全皺起了眉頭。

憑什麼?憑什麼隊長就可以多玩一台?

「由於每台EMP裝置的位置都不一樣，影響效應的不同，那麼，公平起見，我們來抽籤吧。」費雪拿出剛剛用牙籤棒做好的籤：「不過，由於我是隊長，負責啓動S1、S2跟S3這三台最重要的EMP，大家應該都沒意見吧?」

「……」八個阿宅露出忿忿不平表情。

憑什麼?憑什麼隊長就可以玩S級的EMP?

平常牢牢坐在電腦前的阿宅碰上這種狀況一定砲火四射，酸酸地幹，用力地幹，猛烈地幹，群情激憤地幹，但現在是面對面開會，沒有網路，甚至沒有鍵盤，儘管氣到都快中風了，這幾個阿宅學者也不曉得該怎麼表達心中的不滿。

事實上，他們連好好說一句文法正確的話都有點障礙。

「爲了公平起見，我們先抽牌，牌面最大的人可以優先抽籤。」費雪靦腆地拿出一副有點縐縐的撲克牌：「注意，ACE最大，2最小。花色也有大小分別。爲了公平起見，我們由年紀最大的波切立先生先抽牌吧，有人有意見嗎?」

「……」除了波切立先生，七個阿宅學者的五官全扭曲了起來。

「還是把EMP編號放進扭蛋，再抽牌決定由誰先扭，這樣比較……有創意?」

八個阿宅學者你看我，我看你，露出讓人不想會心的一笑。

……總算有共識了。

□

原宿，表參道。

「兩個小時後，就是我們鋼鐵雄心獵人團揚名立萬的時刻。」

說話的，正是來自西班牙的傭兵部隊隊長喀斯特爾。

「鋼鐵雄心獵人團」在西班牙成立不過三年，由曾經待過「勝利火焰」中最強的「無敵戰士團」的喀斯特爾所創立。成員年輕，幹勁十足，擁有老獵人沒有的企圖心。這次鋼鐵雄心獵人團一共有三十位戰鬥員受雇美國政府參加這次的行動，不爲別的，就爲一夜成名。

他們也許眞的很年輕，但也眞的夠厲害。

冰存十庫其中之一埋在原宿，竟給鋼鐵雄心獵人團給找到並進行引爆。一萬名沉睡的鬼兵被炸爛了三千，驚動了十一財過來才保全剩下的七千。這件大功勞已足以令鋼鐵雄心留名歷史。

「晚上原宿會有一場大戰，陸戰隊建立好防禦點後一定會吸引吸血鬼兵團的圍擊，在任務上，我們負責牽制敵人的高手。」喀斯特爾看著從艦隊傳來的任務訊息，露出年輕氣盛的微笑：「不過，牽制聽起來，好像沒有殲滅來得踏實吧？」

大家哈哈大笑。

笑聲中，他們年輕的瞳孔裡閃爍著對戰鬥的愉快期待。

□

池袋，西南區。

「自以爲是的漢彌頓那一隊失去聯繫，白痴布登的敢死隊也全軍覆沒，專司戰鬥的特攻隊只剩下四組，潔維兒跟她的娘們兒、艾蜜莉跟她養的一票雜魚、喀斯特爾跟他的小鬼，還有我們。」

說話的特攻隊首領，是一個正在抽菸的紅色大鬍子。

「娘們兒？雜魚？小鬼？」

面前的二十五個隊員，都是一副愛聽不聽的模樣，有的人甚至閉上眼睛假寐。

「兩個小時後，二十支陸戰隊要登陸。登陸沒我們的事，白天不管外面怎麼吵，儘管睡你的大覺。但到了晚上，我們要兵分兩路，一半留在池袋，一半到歌舞伎町的防禦點，幫美國人扛住那些吸血鬼，有多少殺多少。」紅鬍子嫌惡地一腳踹在一個打瞌睡胖子的胸口，怒道：「操你那什麼臉？他媽的統統聽清楚了沒？」

胖子被踢倒，又若無其事地坐了起來，拍拍印在胸口的鞋印，一臉嗤之以鼻。

這幾天他們無事可做，既沒埋炸彈，也沒收集情報，更沒破壞任何設施。

爲什麼？懶惰。

他們對殺戮之外的事情都很懶惰。

這些懶惰的傢伙都有一個共同點：坐在這裡的每一個人都曾經隸屬於某些知名的大型獵人團，也都驍勇善戰，最後也統統遭到永久除名。

因爲他們都有非常嚴重的殺戮癖，之所以當吸血鬼獵人，是因爲殺人犯法，被追捕監禁的代價太高，而宰殺吸血鬼則恰恰相反——既不犯法，偶爾又可以拿錢！

更重要的是，吸血鬼比人難殺，殺起來樂趣無窮。有些命硬的吸血鬼甚至可以一殺再殺。

由於他們殺虐吸血鬼的手段超過了獵人團的忍受極限，又不肯服從命令，導致被組織放逐。惡名昭彰的他們被稱爲「嗜獵者」。

二十六個嗜獵者，能安安靜靜地潛伏在東京裡已整整十天，簡直是奇蹟。

「你們不是我帶過的隊員裡最優秀的，更不是最聽話。他媽的你跟你，跟你，還有你，你你你，你們叫什麼名字我到現在還不知道，聽好了，我也不在乎。他媽的不在乎！」紅鬍子將菸灰彈在一個禿頭女的臉上，不屑道：「不過，似乎我也不需要特別說什麼了。」

這倒是。

「因爲你們跟我一樣，都是心狠手辣的王八蛋！」

豆漿滾出來

命格：機率格

存活：三十一年

徵兆：自己煮豆漿的時候，沸騰的豆漿瞬間從鍋子裡滾出來。

特質：宿主是一個正直、勇敢、熱心助人正妹的好青年。遇見豆漿熊熊滾出的時候臨危不亂地拿起相機拍照，足見宿主有處變不驚的超凡特質。如果一定要用一個字形容宿主的話，大概就是「帥」了吧？

進化：一直煮不出跟星巴克一樣好喝的咖啡

第482話

——時間回到數日前。

無所謂巧合。

至少在獵命師的世界裡，巧合不會憑空發生。

紳士舔著只剩下焦糖的布丁盒。

宮澤、漢彌頓、烏拉拉與神谷，坐在高級公寓的斗室地板上，用三種語言、兩種方式混合交談了很久：日語、英語、華語跟……紙筆。

一個小時過去，烏拉拉廢話連篇的冗長自介總算結束。

「這眞是太驚人了，傳說中的一族竟活生生就在我面前。」宮澤不禁讚歎。

「若不是循著你身上特殊的命格能量，我也不可能本著好奇心找來這裡。我的想法很簡單啊！如果擁有這樣超強命格的人可以成爲我的夥伴，該有多好啊。嘻嘻，就算暫時還不是夥伴的話，稍微交涉一下，說不定也有合作的機會喔！」烏拉拉毫無芥蒂地說：「哈哈，沒想到你比想像中的更好相處嘛，宮澤先生。」

烏拉拉用力拍拍宮澤略爲塌陷的肩膀。

「你的意思是，我的身上也有……命格？」宮澤怔了一下。

「沒錯，而且是很了不起的『大偵查家』，起跳至少也有個三百年吧。」烏拉拉逕自打開冰箱，拿了一瓶可樂丟給神谷，再開一瓶橘子芬達給自己：「這種命格聰明得很，只會尋找聰明絕頂的人附身，兩相加乘，你一定是個大人物……或，即將會是個了不起的大人物喔。」

「大偵查家？」

既然對方明顯絕頂聰明，烏拉拉只用了二十秒便讓宮澤豁然開朗。

至於什麼是命格，就由宮澤解釋給漢彌頓聽。

即使宮澤如此聰明，也花了十分鐘的時間才令漢彌頓一知半解起來。

「那我呢？我的身上也棲息著你們口中所說的命格嗎？」漢彌頓頗有期待。

「當然有啊，看你一副身經百戰的樣子，你以爲每次都能逃過一劫只是碰巧嗎？」烏拉拉喝著橘子芬達，享受地說：「你能越變越強，是因爲——只要還活著，就有繼續變強的機會。」

「我不懂。」

「你身上的命格，叫『九死一生』，可以在遭遇重大劫難之際吸取同伴的生命能量，轉換成讓你一個人逃出生天的機率。」

「……」漢彌頓重重吃了一驚，直覺反駁：「這種事……哪來的可能？」

一向冷靜自持的漢彌頓，此時臉上的肌肉還因過度激動而隱隱抽搐。

烏拉拉沒有立即加以解釋，因爲他……一直是一個很體貼的孩子。

漢彌頓漲紅著臉，口水嚥進喉嚨時卻感到一股難以忍受的灼熱。

許多次九死一生的困難任務，二十三年前的紐奧良賓斯飯店滅門慘案，十七年前的馬德里火車站地下道人屠事件，十三年前在紐約的集體中伏慘劇，十年前的熱內盧貧民區人肉炸彈案，五年前緝捕一級吸血鬼巴特拉的重大傷亡，乃至歷歷在目的……服部半藏逆向屠戮特遣隊的滅團慘劇。

都只有漢彌頓一個人，或僅屬於他的小隊活了下來。

「小漢……無論如何……你一定要逃出去！逃！」

「嘿……不要放棄啊……告訴……告訴其他人…這裡發生了……什麼……」

「漢彌頓！我斷後！你千萬不要回頭！」

「漢老大……千萬不要放棄啊……把我們的份……一起……一起……」

「隊長，我恐怕不行了，把炸藥跟機槍留下來吧。不要這個表情嘛！哈哈！」

貨眞價實的九死一生。

許許多多次的九死一生，令漢彌頓藉由完成多次超危險的任務，攀升至世界獵人排行榜的第三名。當然，漢彌頓本人的戰鬥實力也越來越強，越來越強……

現在回想起來，漢彌頓不禁打了個全身哆嗦的冷顫。

「別那麼無法接受的表情啊！從現在開始我們就是夥伴了，身爲你的夥伴，你身上的『九死一生』命格很讓我擔心啊，哈哈。」烏拉拉試著用輕鬆的口吻安慰漢彌頓，拍拍他的肩膀。

神谷見狀，也跟著拍了拍漢彌頓的肩膀。

「那……那該怎麼辦？」漢彌頓沉重地看著地板。

這眞不像是硬漢漢彌頓所熟悉的台詞。

「我們那裡有一句話說，『大難不死，必有後福』，總之死不了絕對不是壞事。」烏拉拉笑嘻嘻道：「你遇到了我，絕對不會是普通的巧合。」

「是了，你可以將漢彌頓身上的命格取走。」宮澤相當進入狀況。

漢彌頓一震。

紳士舔著嘴邊的焦糖殘液，輕悄悄地走向烏拉拉的盤腿邊。

「沒錯，只是免費拿走這麼好活命的命格，對你實在過意不去。」烏拉拉摸了摸紳士的背脊，笑著說：「像你這麼強的人，嘖嘖，我就用一個叫『自以爲勢』的上好貨色跟你交換吧！」

「自以……那是什麼東西？」漢彌頓略感緊張。

一旁的宮澤眼睛一亮。

宮澤這位新朋友的反應令烏拉拉頗爲得意，這個愛現的年輕小伙子立即脫下上衣，一手按著四腳朝天的紳士，一手按著漢彌頓僵硬的前額，吐了一口熱氣。

「漢彌頓先生——從現在開始，重新體驗危機四伏的人生吧！」

第483話

重新體驗新的人生嗎？

除了一開始三、四個小時身體略感虛脫外，漢彌頓倒是沒什麼特殊的感覺。

「換了命格後，我就不會害大家……全軍覆沒了嗎？」

漢彌頓這個問題已問了三次。

「哈哈，這我可不敢保證，只知道要是再全軍覆沒就不干你事啦！」

烏拉拉牽著神谷的手，小心翼翼幫她穿過剪破的鐵絲網。

大難臨頭的東京，隨時都有居民想盡辦法撤出。

爲了令打著人權大旗的西方世界投鼠忌器，牙丸無道早下令控管撤出的居民數量，此時東京都內到處仍有爲數眾多的災民，美軍便沒有正當理由大肆進行轟炸，飛彈也不敢明目張膽射進都市的核心地帶。

當然了，這也是一種食物管理。

精英階層的人先行撤離，爲戰後復甦留下火種。

中下階層的人只能繼續困在東京都當砲灰，或者——被吃。

爲了戰爭，每一滴汽油都被軍方強制徵收，想開車最後都會變成人力推車，要離開這個世界上最先進的城市，只能拋棄大件行李，試著擠上班班爆滿的大眾交通系統。要不，就是倚賴雙腳——這也是大多數居民的唯一選擇。

末日的感覺，令所有人都很沉重。

選擇繼續留在這個城市的人，都有無可奈何的悲傷原因，或消極地認爲躲到哪裡都一樣，左右都是死，不如早一點到天堂卡位。

仗著宮澤擔任過特別V組高階長官、深知監視器在東京的布局，這幾天漢彌頓、宮澤、烏拉拉與神谷在東京不停轉移藏身之處，有時躲在人去樓空的公寓，有時躲在被洗劫一空的商店過夜，有時混在逃難人群裡與大家一起擠大賣場。東京亂透了。

不管在哪，四人都盡量避免不必要的戰鬥，期間亦反覆研擬多套計畫，等待著美軍總攻擊開始的時刻，也是他們將計畫付諸實現的機會。

無事可做的時候，漢彌頓便與烏拉拉在空地練習戰鬥。烏拉拉千奇百怪的火炎咒攻擊令漢彌頓大開眼界，而漢彌頓經驗豐富的戰鬥策略，也讓烏拉拉受益良多。

就在昨天，他們回到神谷過去的租屋處附近，不爲什麼，只是思念。

「喵。」紳士苦著臉，累得連尾巴都抬不起來。

「耐心點啦，一樣都是貓，還不知道你們的命都很硬嗎？」烏拉拉安慰。

「喵喵。」紳士垂頭喪氣。

「……」烏拉拉打開一個鮪魚罐頭，說：「好啦好啦，吃飽了繼續再找。」

他們倆以神谷舊租屋爲據點，分頭找了方圓三公里的地方，卻沒有看到紳士日思夜念的黃貓小內。紳士的頭越來越低，烏拉拉也跟著很難過。

這個城市存亡一線，沒有辦法與自己深愛的人在一起，是最遺憾的事。

人一樣。

貓亦然。

總攻擊開始。

破曉時分，他們四人混在一堆災民間攻擊了一台軍用貨車，挖到了寶。

三十五箱口味不一的泡麵，跟五十箱礦泉水。

災民全都歡呼了起來，趕緊將戰利品與被打暈的軍人拖進監視器全被拆光的電器行裡，大家排隊分配，人人都可以吃到日本有史以來最有口碑的食物發明。

原本泡麵與礦泉水兩者相加，只能得到一堆溫溫硬硬的泡麵，不過……

「反正我們吃完就走，大家相聚一場，沒別的東西好送啊！」烏拉拉笑。

非常愛現的烏拉拉用手指輕輕插在大家加好水的泡麵裡，火炎咒摧動，攪一攪，只一個呼吸的短促時間，湯汁便沸騰起來，立刻成為眾人的英雄。

烏拉拉連續插了六十四碗泡麵。香氣四溢。

「我們攻擊了軍卡這麼久，附近卻沒有巡邏的軍隊過來看看。不意外，總攻擊後政府已經自顧不暇了。」宮澤皺眉，喝著被手指攪過的麵湯。

阿不思他們，想必已經從服部半藏那裡知道他叛變的事實吧？雖然討厭血族原本就是宮澤自己的立場，站在人類的一方也符合心中的正義，但總有一股悶悶的感覺積壓在胸口，揮之不散。

「小子，總攻擊已經開始了吧？怎麼不快點將千里籠放在身上，吸引你的夥伴過來呢？」漢彌頓吃著熱騰騰的泡麵，他已一口氣連續吃了三碗。

這幾天的相處，讓他對命格的世界已有初步概念。對於體內嶄新的命格將如何發揮作用，漢彌頓也躍躍欲試，他已從被搶被偷得亂七八糟的體育用品店裡找到了一雙閃亮的紅色愛迪達跑鞋穿在腳上，軍用背包裡塞了三瓶愛維亞礦泉水，以及……「藍波球」牌子的泡泡糖。

神谷一邊吃著海苔泡麵，一邊將魚板從麵裡挾出來給紳士吃。

紳士縮在神谷的腳邊，眼神落寞地舔著熱熱的魚板。

「夥伴之外，還有幾個還沒辦法成爲夥伴的敵人啊。」烏拉拉滿嘴麵條，含糊地說：「太早讓他們找到我，恐怕會引來不必要的麻煩，萬一我還要應付追殺就很讓人火大了。」

「……」宮澤點點頭：「亂局裡本來就有很多不可估計的情況，只是覺得同伴多一點，可以應付的不可估計自然就會少一些。」

「放心吧，就算一直沒換上千里箍，我們最後集合的地點也靠得住。」烏拉拉嘻皮笑臉地說。

漢彌頓一口氣將麵湯喝光光，呼了一口滿足的大氣：「哪裡？」

「當然是徐福面前啊！」

烏拉拉笑得很爽朗，心想，到時候就可以與哥哥相會了。

兄弟聯手，天底下無人能擋。

此時，紳士像通了電，全身的毛一根根豎了起來，閃電衝出電器行。

「！」神谷看向烏拉拉，不明就裡。

「我也不知道啊。」烏拉拉兩手一攤。

一分鐘過後，紳士趾高氣昂地回來。

紳士的背後，還跟了一隻瘦巴巴的小黃貓。

「喵。」小黃貓可憐兮兮看著神谷手中的泡麵。

烏拉拉與神谷同時大喜，烏拉拉驚呼：「小內！你找到了小內！」

「喵喵，喵喵喵。」紳士得意地幫小內貓抓抓脖子。

——這下子，就算是一百顆原子彈落下，這一對貓兒也了無遺憾了。

王應許的逆轉生

命格：天命格

存活：無

徵兆：欠缺文獻描述。僅知宿主會對某個已經過世的特定某人感到濃厚興趣，比如特定某人出現在夢中，或宿者接觸特定某人的生前物件會產生情緒波動，莫名其妙地大笑或流淚等。有一說為宿主對前世有感應，有一說則為宿主的幻想作祟。

特質：欠缺文獻描述。但有少數獵命師言之鑿鑿，擁有此命格者，得以將靈魂回送給宿主的前世，令宿主的前世同時擁有兩種靈魂而復活。也有獵命師耆老說，靈魂回送後，宿主的前世靈魂將被後世的靈魂給侵吞取代。有獵命師推想，此種命格發動，將造成時光隧道異變，產生另一平行時空。有獵命師則認為時光隧道將因此徹底回溯，一切重來。也有獵命師認為，此命格發動的確會產生時光倒流的現象，但歷史將會自動修復異變，宿主並無法改變歷史，甚至也無法改變自身的命運。

但流傳在獵命師間最普遍的說法則是——根本不存在如此威力超大的命格。

進化：無

第484話

靠海的那一端，一道巨大的黑色煙牆直達天際，好像黑夜垂直落下。

從破曉開始，整個東京都可以聽到忽遠忽近的爆炸聲。

整座城市都在發抖。

總攻擊開始，已持續了兩個小時又十四分，大規模登陸戰隨時都會展開。

平常塞了一千四百萬人的東京，居民連日瘋狂大撤離後，竟還剩下三百多萬，就算是特別V組焦頭爛額地進行管制，也只能將一百五十萬人監控，其餘一半人口到處亂竄，直到最後一刻都想逃出東京這個寸土寸金的鬼地方。

餘下三百萬人的生命靈魂，在此時激昂到了最頂點。

這可是——

「獵命師戰鬥的最佳場域啊。」

手裡拿著作家宮本喜四郎所著的《絕對不聽牌的人生》，倪楚楚身上負載著命格「萬念俱灰」，起心動念，緩緩地將其巨大的命格能量膨脹起來。

世界大戰了。

跟那小子無關，既然此時身在戰火中心，不幫人類一臂之力，一口氣說不過去。

雖然倪楚楚還沒學會瞬間射散命格能量的咒術「命力碎結」，但她用化蜂咒搭配命格的散射技術十分圓熟，比起讓命格自然發揮效力，透過蜂群攜帶命格子能量而散布，速度更快，範圍更廣。

只要化蜂咒一刻沒有解除，那些蜂兒身上所負載的命格能量就不會消失。

「去吧，讓這個城市更加徬徨，更加絕望。」

倪楚楚語畢，身上咒字化作上萬蜂群，朝四面八方飛滾而去。

讓萬念俱灰在現在的東京裡肆虐，效果一定有平常的百倍，更可大收修煉命格能量之效，讓萬念俱灰演化成更令人崩潰的命格。

與倪楚楚一同站在高樓上的，還有好不容易才從混戰中脫身的夥伴。

「托那臭小鬼的福，今天可要在東京光明正大殺翻天了。」

兵五常將額頭上的ＯＫ繃撕下，隨手貼在屁股下的磨石子高台。

高樓又是微微一震。

拿起斑剝的十一節棍，這熱血莽漢對即將發生的街戰躍躍欲試。

「耐心點。陸戰隊進來，我們再上。」鎖木放下望遠鏡，交給一旁的書恩。

「老實說，這種戰爭的規模……」書恩早反覆用望遠鏡看了那片火海好幾次，忍不住咕噥道：「再怎麼強，不小心挨上一枚飛彈還是會死啊！」

倪楚楚冷冷地看著那一片濃煙。

「獵命師無所謂不小心。」

第485話

不自然的地震，一波接著一波。

四人兩貓幹掉底下的特別V組守衛，登上了高樓，將情勢看得更清楚。

海岸線那一片狂野的烈火，恐怕入了夜也會持續延燒下去吧。

一艘又一艘沉入海底的兩軍軍艦，成了上萬官兵現成的鐵棺材。

根本沒有看見彼此艦隊的身影，僅僅憑著電子雷達與幾個命令，兩國以幾近完全虛擬的方式，猶如打遊戲機——飛彈颯颯割裂天空，魚雷像繁忙的地鐵鑽來鑽去。

你來，我往，一個小時內，雙方都沉了許多艦艇，但日軍尤其慘重。

天空濃煙滿布，令下墜的雨滴都飽滿了帶著血光的黑灰。

「沒想到日本艦隊這麼強，可以抵抗到這種地步。」漢彌頓將超高倍率的軍事望遠鏡遞給神谷。

那烽火連天的景象，教神谷看得目瞪口呆，連頸子後都起了雞皮疙瘩。

「我倒是非常訝異，美國竟然眞的能贏？」烏拉拉嘖嘖稱奇，說道：「血族的白氏貴族是幻術高手，我還以爲就算美國大鼻子要推進東京，至少也得花三天時間呢。」

比起驚天動地的美日飛彈之戰，宮澤和烏拉拉一樣，雖然不確切知道大海上發生了什麼事，但日本的幻武能力絕對在科技力之上，第七艦隊到底是怎麼突破更前方……

「的確奇怪。就我所知，海上有個叫萬鬼之鬼的幻術結界，堪稱日本最強的防禦前線，再加上……」宮澤看著遠方的一縷焦煙，繼續說：「今天破曉那一場毫無預兆的大雨，顯示背後一定還有高人術士站在日本這一方，美國能勝得這麼迅速，一定有不尋常的因素擾入戰局。」

宮澤的心裡最是複雜。

他非常痛恨宰制日本的血族勢力，卻又完全不想看到自己的同胞如此犧牲……他明白這種犧牲不完全跟服從血族的命令有關，在那些自衛隊隊員的心中，恐怕還是爲了守護心愛的家園而奮戰。

這只是開始。

一旦地面戰開打，宮澤從小住到大的城市即將被狠狠糟蹋。

突然之間，宮澤有個感覺。

「如果美軍能這麼迅速突破海上的萬鬼之鬼，烏拉拉，你想，有沒有可能，你的族人也暗中幫美軍出了一點力？」宮澤摸著多日未清理的鬍碴，懷疑道：「如果你的族人擁有類似你身上的隱藏性角色的命格，要藏身在美軍的航空母艦上，一點也不令人意外啊。」

自從烏拉拉告訴宮澤他擁有非常厲害的推理型命格後，宮澤就對自己的「直覺」越來越有信心。這一種信心，當然助長了「大偵查家」的命格成長。

「我哪知道啊。」烏拉拉聳聳肩。

雖然不知道發生了啥事，但若獵命師一族與血族為難，倒也不是奇怪的事。只是多一點獵命師趕來東京，自己也就多一點危險。雖然有像倪楚楚或兵五常這票不打不相識的……姑且稱為「夥伴」的傢伙，但也有像谷天鷹、老麥跟初十七這類神經病到底的追殺狂。

保險起見，最好還是不要遇到得好。

遠遠地，一連串驚人的大轟炸，那熊熊吞吐的火光不需要望遠鏡也可以看得清清楚楚。美軍似乎用優勢武力在東京灣轟炸出了一個大缺口，陸戰隊開始搶灘。

自衛隊看似頑強抵抗，卻又異常地迅速敗退。

「是陷阱。」宮澤篤定地說。

「即使知道是陷阱，也不得不踩進來吧。」漢彌頓深知軍人的立場。

真正的戰場，是夜晚來臨之時。

現在，就看人類可以搶得多少先機了。

□

血族地下皇城，作戰司令部。

綜合戰略室滿牆的監視器畫面，一個一個，都充滿了誇張的腥紅火焰。

沒有悲壯的氣氛，絲毫不感絕望，但司令部充滿了一股深沉的壓抑。

「按照計畫，放棄海岸線，所有部隊保持實力後撤。」牙丸無道下令。

阿不思像吃蘋果一樣，喀嚓，清脆地咬著一個小女孩的頭。

小女孩的身子抽搐了一下，竟還沒死絕，鮮血與腦漿就這麼炸了開來。

「天黑之前，那些食物得盡量幫我們招呼一下客人。」阿不思微笑。

牙丸無道盯著螢幕，強硬下令：「從現在開始，受輕傷的人類士兵，進行A處理。受重傷的人類士兵，一律用最快的速度進行B處理。」

所謂的A處理，就是讓他們成為食物鏈的最上層。

至於B處理，很遺憾，他們就是進行A處理後的新肉食動物的第一頓大餐……

芒刺在背

命格：情緒格

存活：兩百年

徵兆：總是懷疑有人在背後說壞話，疑神疑鬼。上了戰場，老是覺得有人準備從背後放冷槍，只好一直回頭看。即使去看一場輕鬆的電影，也絕對輕鬆不起來，坐在你後面的人只要稍微變換姿勢，你就會皺起眉頭懷疑對方正在踢你的椅子。當你的情人，自然也是相當痛苦了。

特質：不斷心煩意亂的結果，當然是無法好好專注眼前最重要的事，成功率將至少降低三成到五成。你越是分心，命格成長的速度越快，完全是一場零和的遊戲。

進化：背後靈

第486話

雨停了。

砲彈取而代之，落在一望無際的黑色海岸線上。

那不是一片火海足以形容，稍一靠近，軍靴的膠底都會融化。

「打開缺口！突破！」

「搶上去！搶上去！幫後面的弟兄們擋下子彈！」

「座標確認！請求艦隊砲擊！請求砲擊！」

「左翼集中火力！」

「醫護兵！醫護兵！」

在美軍密密麻麻的掠地飛彈攻勢下，東京灣海岸線的防禦終於崩潰了。

二十支海軍陸戰隊的精銳部隊從缺口突入，搶灘成功。雖有許多陸上自衛隊陣形嚴整地安全撤退，殘餘的自衛隊隊員恪守武士道頑強抵抗，不多久都變成了一具具灼熱的屍體。

「雖然打開缺口是遲早的事，但……有點太容易了啊。」海軍陸戰隊第一隊隊長亞當對著通訊器說，顯然頗有顧慮。

「跟兵力推演時預料的一樣，敵人果然在引誘我們進去都市裡決戰。」海軍陸戰隊第二隊隊長福克斯倒是不意外：「雖然烏雲密布，現在畢竟還是白天，不趁機搶進去就沒機會了。」

說的不錯。

要趁吸血鬼還無法以全力還擊的時候，在東京布下天羅地網，即使明知道擅長肉搏戰的敵人滿腦子打算在東京市內與美軍短兵相接，也不能畏懼。

這個誘敵深入的陷阱，只能說是非中不可。

「單單與人類組成的自衛隊作戰，也絕不是容易的事。」海軍陸戰隊第五隊隊長托比提醒：「弟兄們，不要太大意了。」

「當然。」幾個隊長異口同聲。

一場成功的登陸作戰，海陸空都要面面俱到地配合。

美國自詡世界警察，在承平時期還是找了很多機會、藉口與理由在世界的各個角落「到處練兵」，累積了無數珍貴的實戰經驗，此時當然派上用場。

作弊中的作弊，十幾台軍事衛星在太空軌道上嚴密監看敵方動態。在數百架雷鳥直昇機的低空掩護下，兩棲裝甲運兵車衝上了多處海岸線，然後是兩百台輕量化的新式MD1坦克，以大軍壓境之勢從後方與陸戰隊步兵迅速會合。

陸戰隊分成了二十支攻擊部隊，每支隊伍各擁八百訓練精良的戰士。像是競賽，殺入東京。

而第七艦隊的艦群雖然在大海戰中遭遇嚴重打擊，仍在大海遠處遙控這一場戰爭，只要陸戰隊將座標確認，艦隊便能從遠方發射飛彈，精準地打爆日軍。

第四攻擊部隊一鼓作氣搶上了北品川，往核心街區的方向疾衝。該發生便發生了。

「工班！一分鐘內建立基礎防禦點！動作動作！」

「後面的！掩護資訊班，十五秒內設定飛彈支援座標！」

「讓坦克在前面開路，大家不要散得太開，維持支援距離！」

「訊號班，一分鐘內清理敵人的監視系統，動作！」

「十點鐘方向發現敵人，數量不明，注意！十點鐘方向！」

「開火！自由射擊！自由射擊！」

美軍與日軍在北品川的大街小巷展開第一波的交鋒。

即使策略上是故意誘敵深入，然而，武士道的精神不容小覷，日本陸上自衛隊頑強地抵抗，以完全不求勝利的自殺性防守，短短五分鐘之內便擊落了美軍一架雷鳥直昇機，摧毀了兩台首當其衝的坦克。

手榴彈爆開。

火箭砲爆開。

槍砲聲不絕於耳，雙方各有死傷。

許多大樓受到重擊缺了一角、旋即又穿了一個又一個冒煙的大洞，燙熟了的屍塊黏在坦克的鋼板上，發出吱吱吱吱的烤肉聲。廣告招牌的破片像落葉一樣，被黑色的熱風吹來吹去，颳得雙方戰士就快睜不開眼。

十幾個早已占據最佳制高點的日軍狙擊手，在尚未坍倒的高樓上放冷槍，先是幹掉通訊兵，再幹掉幾個看起來像是班長以上的領頭人物，令第四攻擊部隊投鼠忌器，不敢冒然衝鋒。

正當戰局陷入膠著之際，一群分散開來的蜜蜂悄悄靠近躲在防禦工事裡的日軍。

每一隻蜜蜂的身上，都沾黏著被分化出去的萬分之一「萬念俱灰」的命格。蜂群看似無害低調地靠近，猶如散播花粉，蜂兒悄悄將命格能量沾在充滿武士道精神的軍服上，甚至鑽進坦克的砲管裡——

一萬份絕望的念頭，同時在三千多名陸上自衛隊的成員裡迅速滋長。

「死定了……完全不可能活下來……繼續撐下去也是浪費時間吧……」

「戰鬥？打一場毫無勝算的仗，稱得上勇敢嗎？」

「根本不會有人在意我的死活！」

「算了吧……算了吧……只有一個方法可以……」

「承認吧，死在哪裡都毫無價值……什麼英雄？哪裡來的英雄！」

「……同歸於盡又如何？後面沒有需要守護的東西啊……」

負責守住王子飯店街區的日軍最高指揮官，慢慢轉過頭，虎目含淚。

看著那群打算與他奮戰到底的同袍下屬，也都個個滿臉熱熱的鹹水。

那麼一瞬間——大軍崩潰。

僅僅三分鐘後，北品川核心街區完全淪陷。

第487話

沒有比「迷路」還要讓人莫名其妙的事了。

尤其——這可是發生在駐守在築地街區一帶的日本陸上自衛隊隊員身上！

毫無徵兆。

半個小時前，原本好好守在防禦工事裡等待美軍來襲的日軍軍團，竟然會在非常熟悉的街道裡失去方向感，明明有無線電可以互通訊息，卻怎麼講也說不清自己的位置。

於是一個小隊接一個小隊，紛紛失去與其他小隊的聯繫。

「會不會是美國人暗中放了神經毒氣，才害我們失去方向感？」小隊的副官緊張。

「……有這個可能。應該說，除了這麼想之外也沒有別的辦法了。」小隊長拿著機槍，擦著不住流出的冷汗：「大家跟緊一點，不要散了！」

「報告長官，我們的小隊好像少了三個人？」後面的士兵惶恐地說。

「不是叫你們跟緊了嗎？跟著那麼一大台坦克有那麼困難嗎？」小隊長又惱又怕。

怪了，真的是怪了。

雨停了，也沒起霧，雖有大量從海岸線一方飄來的濁色灰塵，可一百公尺內的視線也還算是清楚，怎麼會古怪地與其他小隊失聯呢？更何況還有衛星定位系統，竟然還是傻乎乎地鬼打牆？

美國人明明還沒進到這個街區，自己卻用最蠢的方式亂了陣腳。該死。

「鎖木，沒想到你打架很弱，腦袋還挺有用處的嘛。」

「兵法——戰略之致，分別擊破。」

迷途小隊的前方，出現了兩個人影。

獨臂的鎖木用斷金咒塗滿了全身，咒力蒸騰，除非被火箭砲直接打中，否則這些正對著他腦袋的機槍根本起不了作用。

兵五常甩著染血的十一節棍，眼睛盯著坦克茫然的砲管。

這兩個人根本不把現代兵器看在眼底。

就在五分鐘前，他們才殲滅掉一支落單的小隊，而那一支小隊距離這一支小隊不過三個街口，彼此卻無法相互支援。也許現代科技很可怕，也許現代科技真的超越了古董級的武術與咒術，不過，只消「數量」一接近，勝負的本質就會倒轉過來吧。

「視爲敵人！開火！」小隊長扣下扳機。

槍聲大作。

鎖木衝過綿密的彈雨，金屬化的身子鏗鏗鏘鏘彈開令人隱隱發疼的子彈。

「斷金咒——人手快刀！」鎖木疾奔，首當其衝的五名步兵立即身首分離。

兵五常躍上半空，避過彈雨，立即居高下攻。

「蜈蚣棍法——七天連雨！」

狂霸的棍勁轟落，底下被士兵包圍在中間的坦克車竟給砸翻了一圈！

「九龍九閃！」

落下前，兵五常棍勁再發，橫掠而過的棍氣化作九道猛龍，不僅彈開來襲的子彈，更一併將十幾個目瞪口呆的步兵轟成了碎塊。

這一眨眼，鎖木已用手刀砍下了剩下所有人的腦袋。

「你眞適合對付這些小嘍囉。」兵五常挖苦鎖木。

「……」鎖木只有苦笑的份。

此時書恩與倪楚楚那一組，應該也在「蜈蚣盲從」的命格範圍裡解決另一支自衛隊小隊了吧。雖然無法徹底清光，但等到美國陸戰隊抵達築地與剩餘的陸上自衛隊戰鬥，應該會減少很多傷亡才是。

兩人繼續快跑，尋找落單迷路的小隊。

「初十七他們如果沒離開東京，現在也應該在某處協助人類吧。」鎖木自言自語：「雖然立場不同，還是希望他們平安才好。」

「難講，瘋子想幹什麼又有誰摸得清了？」兵五常嗤之以鼻。

跑著跑著，鎖木瞥眼看了一下錶。

距離危險的天黑還有好長一段時間，還能打順風牌的時候就不要客氣。

正當鎖木這麼想的時候，錶上的時針忽然往前劃了整整一圈！

第488話

就像半夜深眠時忽然出現在耳朵邊的嗡嗡聲，美軍的空中支援與重點轟炸非常討厭，日本自衛隊早早安排了五百多門高射砲迎接這些沒有禮貌的客人。

然而在高射砲部屬前三密集的東京新橋區，卻只擊落了區區兩架雷鳥直昇機。

原因當然不是缺乏砲彈，也不是機器故障。

高射砲沒有停止過射擊，天空密密麻麻布滿了黑色的硝煙雲朵，看起來危險異常的天空，實際上卻像是沒有紅燈的大街，任憑那些雷鳥直昇機穿梭在新橋區上空，用猛烈的機槍砲火將藏在巷子裡的自衛隊守軍給掀了出來。

「到底是怎麼回事！這到底是……那些砲彈好像自己會閃直昇機?!」

「明明就是看準了才打！這砲的校準是不是出了問題？」

「王八蛋！就算是閉著眼睛打也該矇中了吧！」

每一個在高樓頂端負責操控高射砲的砲兵，都慌到焦頭爛額。

越是心慌，越是沒有信心，埋伏在周遭的命格「百試不中」就越是驕傲肆虐。

不過，僅僅打不中是不夠的。

「看好了！」

一個魔亂的人影翻上了高樓天台，用耳朵無法承受的尖聲大叫：「你們這一群爲虎作倀的狗東西，看好了！通通看好了！」

什麼看好？在完全沒看清楚是怎麼一回事之下，守在編號T109高射砲旁的砲兵，就遭到一團殺氣暴漲的劍光給斷了喉，每個人都捧著汩汩流出鮮血的喉嚨跪在地上。

初家劍法，瘋婆子初十七。

誰都好。

只要有人可殺，誰都好。

於是這瘋婆子上樓下樓，下樓上樓，在怪叫聲中一共殺了四十一個砲兵，若是連平民百姓加在裡頭的話，那她從總攻擊開始一共切開了一百五十三個人的喉嚨。

「咻——轟！隆！」

一台高射砲從三十五層樓高處墜落，不偏不倚，砸壞了一台裝甲車，一併殺傷了十幾個人，嚇得底下的自衛隊守軍全將脖子抬得老高，不理解發生了何事。

一個男子揹著巨大的鏈球若無其事地爬上高樓大廈，再徒手拆下數噸重的高射砲，接著，面不改色地將它扔向高樓下的自衛隊裝甲車……

擁有如此「怪力」的神人，當然是無視地心引力的谷天鷹。

「沒一個能看的。」谷天鷹傲氣十足地俯瞰亂成一片的地面。

至於與兩狂同行的老麥，他懶得爬上爬下幫人類對付棘手的高射砲，反正——

「老老實實待在下面，不就有現成的人可以殺了嗎？」

說話的，正是剛剛結束一場單方面大屠殺的老麥。

自衛隊隊員的屍體狀態，正好顯示出燃蟒拳的厲害之處——每個人的胸口都爆了開來，肋骨一根根從裡倒翻，折得歪七扭八。

人不夠看，機槍也不夠稱頭。

那麼，試試對「這種東西」使用拳法吧？

老麥站在一片狼藉的屍體上，正對著孤單單憤怒前進的坦克，堆滿笑臉迎上。

「不要客氣啊。」老麥肩膀一沉，擺開架式。

坦克停住。

「砰！」

坦克開砲的那一瞬間，老麥往前一個踏步，大喝：「燃蟒拳——無空絞！」

肩膀啪答啪答鬆脫，肌筋軟化，手臂如飛蛇甩出！

砲彈即將命中老麥的時候，那滑溜溜的拳尖正好輕輕碰觸到砲彈的邊上，手臂肌肉以神經傳導的超高速扭了起來。

忽地，一股巨大無比的扭力在老麥與砲彈之間瘋狂旋開，將直直衝前的砲彈整個往旁重重一帶，重心一偏，失控的砲彈飛到了老麥身子左後方才爆了開來。

坦克車裡的駕駛兵，完全呆住了。

「眞不愧是『石破天驚』，命格的力量讓燃蟒拳的威力提升了至少三倍。」老麥跳到了坦克上，對著從裡緊鎖的駕駛艙獰笑：「得了吧，在我面前，這種高科技的裝甲眞的有任何意義嗎？」

理所當然，厚實的裝甲被怪力絞裂，兩個駕駛兵被硬生生拖出來絞殺。

遠遠地，老麥看見美軍陸戰隊的陣仗。

「眞想連你們一併做掉。」老麥看著美軍的直昇機從頭頂盤旋而過，喃喃笑道：

「只是到了晚上，還需要你們吸引一些吸血鬼雜魚的注意力啊。」

話一說完，老麥感覺到一股淡淡的異樣。

這股異樣絕非感受到敵意或殺氣，而是……非常普通的腳痠，還有一點也不算罕見的意識恍惚。可這完全不值一提的兩件小事加起來，就是有說不出的奇怪。

「老麥！你發呆個什麼勁啊！」

從高樓大吼而下，谷天鷹的聲音依舊聽得清清楚楚。

「？」老麥抬起頭。

「爆了坦克後，你就呆在那裡幹嘛！」初十七斜眼看著老麥。

她都已經上下了一次高樓，但老麥從剛剛開始就呆站在原地。

老麥皺眉，還弄不懂這兩個暫時是夥伴的瘋子在說什麼。

雖然根本沒什麼，但終究有點介意啊，老麥抖抖有點肉痠的膝蓋。

「我剛剛是不是……」

忽然之間，那股異樣感又出現了。

這一次異樣感比上一次還要強烈，老麥明顯察覺到自己的意識「中斷」了很大一下，腳有點痠，更奇怪的是，老麥發覺自己所站的位置，不是剛剛所站的位置。

很像，但不是。

像是被什麼人挪動過的感覺？

「初十七？」老麥警覺。

「有人動了什麼手腳。」初十七惡狠狠地環顧四方。

這一次連瘋婆子初十七都被那一股「極爲普通的異樣」給迷惑住了。

「老谷！」老麥直覺大喊。

沒有回應。

老麥正想再叫一次谷天鷹時，一抬頭，谷天鷹並沒有在剛剛的高樓上。

不對勁。

當然谷天鷹很可能正在下樓的途中，但，這幾天谷天鷹身上一直有股濃烈的戰意，好戰的性格下，他平時也不屑隱藏住自己的氣息，遠遠就可察覺。

此時，老麥卻一點也感覺不到谷天鷹在哪。

「老谷消失了。」老麥的背脊感到一股涼意。

「出來！」初十七抽劍，殺氣陡升一倍。

谷天鷹是確確實實消失了。

是被幹掉了嗎？

就算敵人非常強，能在完全不被察覺到的情況下把超實戰派的谷天鷹給幹掉？谷天鷹連吭一聲的機會都沒有，就被做得乾乾淨淨？他用的可是稍微動一下就會發出巨大聲響的大鐵鏈球啊！

「敵人用的是幻術？白氏？」事情不單純，老麥皺起了眉頭。

老麥最討厭奇奇怪怪的術法，所以自己修練的還算是純武術一途的燃蟒拳。如果敵人喜歡迂迴的戰略，肯定很頭疼，老麥傾向閃避不打。

「或者對方是用了特殊結界咒的忍者。」遇到了真正的危險，瘋婆子初十七反而冷靜了下來，手中長劍握得更緊：「不要動，眼睛不要眨，一下也不要眨，這種術啟動前一定有什麼徵兆。」

兩個人就這麼一動也不動地，一左，一右，警戒了周遭一個多小時。

除了破爛的坦克與胸口爆裂的屍體，這裡啥也沒有，只有遠處的機槍砲彈聲。

忽然，熟悉的鐵鏈拖地聲出現在兩人面前。

谷天鷹拖著大鐵球，充滿疑惑地走向老麥與初十七。

「你……去哪了？」老麥有點緊張，不曉得谷天鷹是否受到敵人控制。

無言的初十七眼睛瞇成了一條線，明明就聚精會神地警戒四周，她剛剛，卻根本沒看到谷天鷹是怎麼出現的！

就好像是憑空出現一顆蛋，但方圓十里根本找不到一隻雞。

「我剛剛好像……好像閃神了？」谷天鷹愕然，摸摸自己禿了一塊的後腦勺。

豈止閃神，他連自己是怎麼從三十多層高樓樓頂下來的都沒印象。

更離奇的是，對谷天鷹來講，閃神不過是電光火石一瞬間的事，但這一閃神，竟閃過了約莫一個小時的時間。

三個狂人面面相覷。

腳步緩緩移動，不自覺形成了三人背對著背的集體戰鬥姿勢。

「我閃神的時候，你們有看到我嗎？」老麥咕噥，視線還是不斷警戒。

「老實說，沒怎麼注意。注意到的時候，你人還是站在坦克前。」

是，老麥心想，但位置有點不對。回想起來，那腿痠的感覺就像是一動也不動地罰站。來自敵人，莫名其妙的「攻擊」。

敵人這種令人閃神的咒術，前所未聞。

但為什麼己方連兩次……甚至連三次中了招，敵人都放過了確實的攻擊呢？

不管是擅長幻術的白氏貴族，還是能設結界的牙丸忍者，都沒理由放過他們。

「無論如何，我們鬥不過這招。」初十七平時再瘋，現在也是一身冷汗。

「大概只是警告我們吧？」谷天鷹也很厭惡這一類需要動腦的戰鬥。

「數到三，我們用最快的速度離開這裡。」老麥沉聲……

「趁我們還沒有閃神的時候！」

第489話

那股異樣感，連步步爲營的美軍陸戰隊第五攻擊部隊也感受到了。

這一支訓練精良的戰鬥部隊，預定在準九點鐘與第一攻擊部隊於築地鄰近地區集合，清理築地地區的高射砲塔後，再一起攻進歌舞伎町的核心街區。

但第五攻擊部隊卻遲了整整九十分鐘才抵達戰鬥現場。

九十分鐘！

「這怎麼可能？」第五攻擊部隊的隊長托比詫異地看著錶。

沒錯，現在是十點半，的確是遲到了整整九十分鐘。

不僅隊長，八百個隊員全都看傻了眼。

雖然抱持著遭遇埋伏的警戒，但腳步一秒也沒停下來，怎麼會走了那麼久才抵達築地呢？若說是手錶壞掉，也沒道理八百支軍用錶一齊失靈吧！

「未免也太慢了，怎麼比預定的時間遲了兩個小時呢？」

第一攻擊部隊的隊長亞當沒好氣地敲著手錶，強忍著怒氣：「也沒聽說你們遭到了埋伏，拖拖拉拉究竟是怎麼回事？省子彈嗎？」

雖然第一攻擊部隊抵達築地戰區時，負責防守此區的日本陸上自衛隊已遭到不明的攻擊，剩餘的抵抗根本不構成威脅，第一攻擊部隊的傷亡只停留在個位數。

然而，別說軍令如山了，大家都是賭上了性命在戰鬥，即使是不同部隊，豈有遲到兩個小時之理？難道是想自私地保存己隊的實力嗎？

明知理虧，但有件事還是想澄清，第五攻擊部隊隊長托比揚起手，晃著腕上的手錶說：「等等，我們是遲到一個半小時吧？」

「一個半小時？明明就是兩個鐘頭。」亞當更生氣了，指著自己的錶：「現在是十一點整了。」

此時，托比愣住了。

亞當也感到事有蹊蹺，兩人同時看著對方的錶。

貧富、高矮、胖瘦、智愚……幾乎所有的東西都充滿了先天條件上的差距，這些差距或許可以透過某些權力形式改變或交換，甚至彼此掠奪。

唯獨時間是這個世界上最「公平」的東西，也是最「嚴苛」的東西。

現在，兩支錶，兩種答案。

「？」亞當甚至不曉得該如何提問。

正自詫異的時候，所有錶上指針對著「十一點整」的人忽然消失了。

整個第一攻擊部隊，坦克、直昇機、裝甲運兵車……

全都消失了！

自成一國

命格：集體格

存活：一百年

徵兆：老是覺得自己屬於某一個特定族群，與其他人大有不同，比如住在台北的人經常覺得自己是住在台北國，而自己就是尊貴的天龍人。同理可證，比如得了一個小文學獎之後就覺得自己是作家圈的，沒得過文學獎的就是寫手、文字匠、文字工作者，只要聽到或看到不是作家圈的「文字匠」聊起「文學是什麼」就整個惱怒了起來（不是勃起來）。

特質：階級意識強，自我感覺良好。

進化：自大成國

第490話

比起聲勢凶猛的海戰，街道戰雖近，卻顯得零碎多了。

自認不是個眞正厲害的戰士，此時此刻烏拉拉只想保存所有的力量摘下徐福的腦袋，對此之外的所有戰鬥，這個未來的搖滾吉他手能免則免。

尤其現在還是白天，血族都還沒有動靜，烏拉拉一點也沒有對日本自衛隊出手的意思，只想從旁觀察這一場大戰，吃東西，喝飲料，和神谷用筆記本聊天。

紳士跟小內，則合抱一個髒髒的枕頭呼呼睡覺。

「那些跟我差不多同一時間潛入東京的其他特別小組，應該也開始進一步行動了。」漢彌頓是個極理性的戰士，能夠休息的時候就盡量休息，此時他閉目打坐，養足精神：「現在你們不要過度緊繃，畢竟太陽下山後一刻都沒得休息。」

「沒正妹當然就打坐啊。」烏拉拉笑笑：「我就不一樣了，捨不得睡。」

「……」神谷搗著嘴笑，大概沒有比她心情更輕鬆的「一般人」了吧。

依照計畫，同樣居高臨下的宮澤不停用望遠鏡研究雙方的攻防，想獲取多一點資訊。攤開在地上的都市地圖，充滿了宮澤指甲尖反覆劃過的痕跡。

血族再怎麼驍勇善戰，在戰鬥的行動譜系上一定會出現兩個破綻。

一個，是從戰鬥強者的守備位置暴露出傳說中「翦龍穴」的大略位置。

一個，則是強者聚落間的「微妙縫隙」。

宮澤非常自信，自己一定能慢慢從戰局的變化裡推想出這兩個大重點。

漢彌頓一邊打坐放鬆，一邊藉冥想觀想體內的各部位機能，運氣使其協調。

不管是平日或任務在身，爲了保持隨時上場戰鬥的最佳體能，每天時時刻刻都嚴格執行飲食管理的漢彌頓，兩個小時就會少量進食一次。

當然不是單純的肚子餓。而是，藉著食物在體內被分解、吸收、傳送到每一個細胞的過程，都可以讓漢彌頓知道自己身體的機能細節。

這時，漢彌頓睜開眼睛。

「有點不對勁。」

根本不需要看錶，漢彌頓就從飢餓的狀態察覺到異樣。

餓了。

餓的感覺大約是進食後約一百分鐘的程度，但在漢彌頓的自我認知裡，距離他剛剛吃完那碗豚骨泡麵只有二十分鐘。

「心理知感」，竟然與「身體體感」產生了整整八十分鐘的差距？

漢彌頓看錶，下午一點十三分。

時間在剛剛的一瞬間，莫名其妙地飛逝！

「是嗎？」烏拉拉探頭，看了一下宮澤手腕上的錶：「好像……好像是眞的過得太快了一點？」

實際上烏拉拉根本忘了上次看錶是什麼時候，畢竟跟喜歡的女孩聊天，時間理所當然就是快得要命。他們倆用筆聊天的那本筆記書，上面的塗鴉交談倒是沒有增加八十分鐘的分量就是。

原以爲是什麼蠢問題，放下望遠鏡，宮澤看了看錶確認……「時間消逝的感覺」的確有些奇怪。

「烏拉拉，獵命師有這種操作時間的咒術嗎？」宮澤的直覺。

「操作時間那麼屌，當然沒有那種東西啊。但有扭曲一個人時間感覺的命格，非常厲害。」烏拉拉抓著頭思忖：「有可能我們中了招嗎？身爲一個天才，我沒有感覺到有任何命格向我們攻擊。」

認眞想起來，那些混亂時間觀念的命格，不管是「冰凍的鯨魚」或是「恍惚的獵豹」，其命格影響都是僅僅針對單一個人，沒有集體格的特性。

由於不具集體格的特性，要對抗這兩種命格的攻擊，最好的方式莫過於身上負載著其他的命格即可，現在神谷身上有「朝思暮想」，宮澤身上有「大偵查家」，漢彌頓則有與自己交換的「自以爲勢」，除非被偷天換日，不然……

正當烏拉拉陷入思考時，宮澤大大嚇了一跳。

宮澤的眼睛還瞪著手上的錶，正好看見錶裡長長的分針中邪似往後拉了一圈半，然後急踩煞車，宮澤驚呼：「時間倒流了！」

漢彌頓臉色一變，沒錯，他的肚子又回到了剛剛吃飽的狀態。

此時宮澤手上的錶分針微微晃動，一鼓作氣又往前衝了兩圈半。

一折一返，時間等於暴衝了一個小時！

不可能眞的是時間倒退又飛逝吧？剛剛那指針……明顯是……磁力的影響吧？

有可能美軍發射了某種會影響磁場的新武器，於是手錶的指針失去控制了嗎？

正當宮澤絞盡腦汁爲自己看到的怪現象提出僞科學的解釋時，漢彌頓皺眉，說：

「我的肚子告訴我……至少又過了一個小時。你的錶基本上是沒錯的。」

「我也餓了。」烏拉拉摸著肚子。

神谷也點點頭，談戀愛也是很花力氣的。

「不對，不是獵命師。」宮澤右拳敲在左掌上，很快就想到了這一點：「就動機而言，時間飛逝對哪一方有利？當然是晝伏夜出的血族。越快到晚上，血族的反撲就來得越快，白天的時間動得那麼快，人類根本來不及布置好防禦點！」

有道理。事實擺在眼前，有人在操縱時間。

不是幻術，是貨眞價實在挪動時間軸線。

不管是血族的誰，能將時間扭曲的咒術力量……一定非常強大。

合理來想，或者，用熱血少年漫畫的邏輯來想，能夠支配時間的咒術，一定來自於「魔王」等級的敵人。這個魔王，還能有誰？

「當然是徐福了吧。」漢彌頓脫口。

「徐福會操控時間……這種敵人要怎麼對付？」烏拉拉頭一歪。

烏拉拉聯想到了漫畫《JOJO的奇幻冒險》裡的大魔王迪奧，迪奧的異能力就是將時間暫停，然後從容不迫地在空白時間裡輕鬆打倒無法動彈的敵手，是一個非常霸道、也近乎作弊的外掛招式。

但，支配時間到了自由倒轉、隨意往前的程度，這種敵人真可能被打倒嗎？

宮澤果斷撕開了泡麵包裝。

「快點填飽肚子吧，夜晚會比我們期待的還要早來！」

第491話

最合理的推斷，最巨大的誤差。

地下皇城作戰總指揮部的時間，也出現了三個版本。

然後有些人莫名其妙消失、旋即毫無徵兆地出現，直到大家手錶上的時間又統合成了同一個版本，所有人才又聚集在同一個指揮大廳。

起初是嗤之以鼻與懷疑。

然後恐慌，接著是不知所措。最後，大家終於陷入一片無解的沉默。

「……」阿不思看著血漬乾涸的小女孩頭顱。

這血凝結的程度，好像剛剛自己完全忘了繼續啃她吃她享受她一樣。

時間……暫時的時間，顯示現在是下午兩點四十七分。

躲藏在東京海岸線深壕裡的白氏貴族，也發現了這點，連通了軍事頻道。

「雖然晴明大人已經失聯，不過……」白舌淡淡地說道：「能將時間提前拉近晚上，這種咒，世上還有誰能辦到？」

也許吧，阿不思微笑看向牙丸無道。

「全軍解除待命，一入夜立刻出擊。」牙丸無道點點頭，下令：「不要辜負安倍晴明最後的大咒，給那些自以為正義的人類一個迎頭痛擊！」

阿不思站了起來，塗著粉金色唇蜜的唇，甜甜一笑。

「比起謀略，直截了當的方式還是比較適合我呢。」

第492話

雨早停了。

空氣裡似乎還殘留著烤焦的氣味。

「……」安倍晴明漂浮在漬了一層油污的海面上。

他沒有失去意識，只是沒了再度爬起的氣力。

這位偉大的陰陽師雖然耗盡了所有的咒、所有的能量，但他還沒有放棄。

不能放棄。

因爲服部半藏可是在敵人狂暴的攻擊中，死命將他從海底抱了出來，拚了命也要讓他活下去。即使敗了，敗得徹底，安倍晴明可沒有放棄的資格。

正當安倍晴明全神貫注於對決時，一枚充滿剛強意志力的飛彈趁隙擊中了他。

安倍晴明一分神，海神咒便讓敦煌太陽鳥給燒成了白煙，海牆崩潰，鄰近的艦艇無時間差地給予路易斯號上百枚砲彈的攻擊——沒有一個忍者、一根手指攀上了華盛頓號航空母艦。

敦煌太陽鳥翅膀一兜，百丈火焰射向了安倍晴明，穿破了牢不可破的護盾。

英雄未竟，只留下壯烈的遺憾。

「嘿，我們還要在這裡漂上多久？」服部半藏看著黑壓壓的天空。

「……」安倍晴明全身無法動彈，連一根手指都翹不起來，更遑論施咒了。要讓咒力一點一滴恢復到足以令身體拔空飛行，至少還要兩個小時吧。

至於重新恢復全力戰鬥……安倍晴明的「咒力轉生」再怎麼比其他妖怪還要快速，都要整整三個晝夜的時間才能復原。那還是指在沒有受到重傷的情況下，現在呢？擊潰他的可是敦煌太陽鳥！

兩個絕代高手在海上放空任漂，無可奈何至極。

如果忍者也有履歷可寫的話，服部半藏「其畢生最偉大的成就」一欄在剛剛更新了內容：「救了安倍晴明」。代價是兩條腿、一隻手，五體只剩其二。

服部半藏覺得划算透了，唯一的遺憾是沒能分手將那個大胸部的可愛徒孫一併救走，要不，此時三人在這大海上漂啊漂啊，氣氛儘可旖旎一些。

人類的艦隊遠去已久，這附近海域盡是徒子徒孫的屍骸、殘破的船艦碎片與浮油。服部半藏自己倒是沒什麼感傷，身為領袖，他一向樂觀開朗，永遠都樂意從頭再來。

若不能如此，永生豈非無盡的沮喪。

「八岐逃走了。」服部半藏哈哈：「頭也不回地逃走了，眞是絕情。」

「逃得好。」安倍晴明一嘆。

人類的確太可怕了，少了自己施咒的「不動明王護身金盾」，八岐單獨對上人類的艦隊，還不馬上被打得稀巴爛？

逃吧，儘管逃走吧。

只是不管逃到哪裡，這個世界上都沒有如斯巨獸的容身之處。在人類的飛彈與砲口再次對準你那龐大到無可閃躲的身體之前，盡其所能地大吃一通吧。

遠處吹來了風。

「……有點奇怪啊，這股哆嗦。」服部半藏看著死氣沉沉的天空。

「？」安倍晴明已累到無法思考。

無法思考，卻在一個呼吸間感到胸口多了某些東西。

安倍晴明動了動指尖，一股意料之外的能量觸動了神經……怪了，什麼也沒做，突然之間自己好像再度恢復了結咒的能力。

「再不吃到新鮮人血的話，我眞的會變成傳說。」服部半藏戲謔大量失血的自己，剛剛那股寒冷的哆嗦可不是鬧著玩的。

安倍晴明抬起手，看著指尖上的光芒，詫異：「我好像提前恢復了一點點咒力？」

這個世界上，能夠讓大陰陽師感到不可思議的事，恐怕根本不存在。

正當安倍晴明想試著結出一個簡單的復元咒給服部半藏時，一股力量從四肢百骸中不斷湧現出來，內息充盈，安倍晴明的身子自然而然飄浮起來，周身蘊放著淡紫色的妖狐之氣。

「！」安倍晴明驚詫得說不出話。

……這種驚人的復原速度，到底所爲何來！

第493話

當東京之戰開啓之際，新的變數也正在形成。

遠在中東的美軍第五艦隊，分出了三分之二的兵力趕來支援東京之戰，現正在途中。

除了現代化的科技軍力外，上面還有完整的吸血鬼獵人團——他們可是與血族正面交鋒的專家。

「凡赫辛兵團」中實戰最豐富的「天火團」與手段最狠快的「十字架」部隊。

「勝利火焰」裡最爲吸血鬼所驚懼的無敵戰士團，全員到齊。

「雅典娜之劍」裡最強的第一、第二與第三特攻隊，陣容浩大。

「鐵十字軍團」以使命必達著稱的法國傭兵部隊，每個人都帶了一根勝利雪茄在口袋裡。凱旋後，除了點燃雪茄慶祝，還會有一張很漂亮的免稅支票。

「大漠之歌」代表了中東王室的支援，與王族的猛烈驕傲。

還沒提到，多達上百名惡名昭彰的嗜獵者同樣也在美軍第五艦隊上蠢蠢欲動。他們不是勝利的保證，他們意味著全面死亡。

只是要與日本一國之力對抗，僅憑著美國兩支艦隊恐怕力有未逮。

聲勢浩大。

突然遭吸血鬼大軍奇襲內亂的中國，在上海局勢逐步穩定後，也正從東北與東南沿海調集海軍支力，分成兩支艦隊，慢慢整裝出發，不日便可抵達戰場。

「中國龍」與「千年長城」當然也在艦隊上。

流氓慣了的北韓料想南韓不敢趁機偷襲，窮兵黷武的北韓當然也躍躍欲試出兵日本，看看有什麼好處可分。

沒有好處分，至少也想在別人的國土上恣意練兵，宣揚一下身爲流氓國家的軍威。日本人當年在韓國做的事，他們全都想在日本重做一次。

至於南韓戰戰兢兢的軍方，也已摩拳擦掌，等待北韓一出兵，就要派遣全國最精銳的海軍部隊前往攻打日本。

除了一吐長久以來仇日的民族情感的惡氣，也想藉此將日本的基礎設施通通打爛，令其一蹶不振。

與日本關係一向友好的台灣，在此世界大亂之時，立場也不可能偏日。

比起日本，台灣更是美國最忠誠的小老弟，老大哥喊打，小老弟自然差遣了三分之一的海軍艦艇與陸戰隊北上，協同作戰。

只是，中國、南韓、北韓與台灣四方的軍隊，能否真正納入總攻擊的軍力？

今夜是關鍵。

若美軍第一晚就陷入泥沼，鄰近的盟國就會繼續採取觀望的態度。

反之，如果美軍能取得初步優勢，除了已經整軍待發的援軍外，鄰近的盟國軍隊還會挹注更大量的戰鬥資源。美其名並肩作戰，實則趕緊卡好優勝位置，在戰後條款中撈上好處。

按照原先的計畫，美軍二十支陸戰攻擊部隊將趁著白天，將二分之一個東京打下來，之後便不再推進，專注建立二十個火力強大的防禦點。

等入了夜，血族從地底大舉反撲，陸戰隊便在艦隊飛彈支援下死守住這二十個防禦點，待得隔天破曉，血族退去，新盟軍的強援加入，再一舉聯合推進，用重兵將另外二分之一個東京吃下，再齊手建立新的、更強硬的防禦點……

而另一方面，歐洲聯盟與俄羅斯姍姍來遲的大軍，當然也會衝向東京，加入屠滅日本血族的行列。

此後的十天，基礎穩固的防禦點將不斷擴大，以最保守的方式狠狠清掃只能在夜晚戰鬥的血族，直到血族宣布無條件投降爲止。

現在，完了。

夜晚以令人絕望的超高速降臨。

整個東京無人擁有從下午五點過後四個小時的記憶，直接面對晚上九點的撞擊——防禦點不過才建立了預期中的一半！

雖然無法理解血族是如何令時間產生異常的加速，第七艦隊司令部還是指示，將所有的陸戰隊兵力重新組合，兩兩加成，由兩支陸戰攻擊部隊合力防守一個防禦點，先捱過今天晚上再說。

螢幕上的臨時會議進行著。

「如果沒有弄清楚血族控制時間的方法，我們根本沒有勝算。」

「在後援抵達前，我們能倚靠那些奇妙的戰士嗎？」

「後援抵達的時候，就能解除時間被敵人操控的困境嗎？」

「血族肯定還有更多的妖怪，我們能戰勝他們一次，下次能再這麼幸運嗎？」

「重啓談判吧！血族會跟我們談的，現在我們還是佔了上風啊！」

「各位，重啓談判，還需要華府方面的支持。」

「華府那邊根本不會理解我們發生了什麼事，光是國民疫苗法的實行就快要了他們的命，哪來的精神聽我們扯時間控制！依看我，先按兵不動才是上策。」

「忘了嗎？華府那邊失去聯繫很久了，我們莫名其妙被孤立了。」

「我不懂，爲什麼我們明明佔了上風，還要用這麼氣餒的口氣跟敵人談和！」

「現在按兵不動，只會給敵人我方怯懦的印象，不利日後的談判。」

「要談判，也要等對方開口。對方一開口，我們立即答應便是。」

在第七艦隊艦上的五十多名將官階級的艦長，用視訊會議辯論了起來。局外人似地，主持大局的安分尼上將一句話也沒吭，只是反覆咀嚼著那隻會說人話的貓，剛剛在航母甲板上同他說的話。

簡短幾句，卻代表了莫大的力量，就如同牠在大海上展現出來的超凡實力一樣。

驍勇善戰的馬可維奇將軍喝著今天第十五杯黑咖啡，看著戰略螢幕上逐漸軟弱的老夥伴們，口中苦澀，心裡也不禁一陣悲哀。

他想，我們的艦隊在大海上能擊敗那群莫可名狀的怪獸，夜幕低垂，當然也可以再一次擊潰躲在東京裡的妖物……

「各位長官。」

Z組織的首領莫道夫也在線上會議裡，占據了左下角一格小小的畫面。

「這一場戰爭，關乎全世界人類的存亡，與第三種人類的共同未來，Z組織長期站在人類一方，自然也無法置身事外。」莫道夫沉穩地說：「雖然時間遭敵軍控制一事尚未調查清楚，但我們Z組織已經在過去十個小時內準備好了一支精銳部隊，這支部隊完全由第三種人類組成，可以配合人類盟軍在東京進行重點打擊行動，我們有信心，這場戰爭將在我們攜手合作下取得勝利。」

就是那一支勇敢地從曼哈頓變異血族中救出美軍同袍的，「灰色十字架」嗎？

「透過觀測艇，你都看清楚今早發生的一切了吧？」早已被Z組織暗中吸收的皮克艦長，故意用輕蔑的語氣問道。

「是。」

「你口中的精銳軍隊，難道對那些妖怪也有效嗎？」

「能。」

一瞬間，莫道夫的影像被系統置換到螢幕的正中間。

諸將屏息以待。

「各位的命令一下，灰色十字架將投入這一場東京之戰。」

不停失戀

命格：情緒格

存活：一百五十年

徵兆：慘。

特質：慘。

進化：還是失戀

第494話

歌舞伎町，有「不眠街」之稱。

紙醉金迷，超過三千家電影院、風俗店、夜總會、酒吧、情人旅館集中在這個地區，是市井小民歌舞昇平的代表，也是各幫派犯罪的重要根據地。

不管平日有多繁華熱鬧，在戰爭的威脅下，早撤得只剩平日十分之一的人口。

五十五台MD1山貓坦克，四十五台FF4矩陣坦克，三十二台裝甲運兵車，六十四架雷鳥直昇機，十台最新式的R1陸砲艦，近一千八百名殺氣騰騰的兩棲特戰步兵，美軍第一攻擊部隊與第五攻擊部隊在這裡聯合設立的防禦點，令歌舞伎町成了第一個與血族大戰的戰場。

不再進攻，以兩個攻擊隊合力構築成的要塞，固若金湯。

「注意，注意啊，不要鬆懈了，打起精神來！」

「資訊班，再次確認與艦隊間的通訊。隨時保持飛彈支援。」

「相信你的槍！相信你旁邊的夥伴！相信你自己！」

「確實做好防禦工事，敵人不是會不會出現，是一定會打過來！」

今天發生的事已經夠奇怪的了——第一攻擊部隊瞬間消失，一把槍都不剩，卻又在半個多小時後忽又全軍出現，每個人都摸不著頭緒。緊接著，時間又呈現極端不正常地向前暴衝。

這種無法理解的恐懼，遠遠超越了危險的軍事行動本身。

而現在，確信敵人必定趁夜來襲下，駐守在歌舞伎町的一千八百名美軍戰士，反而吃下了定心丸。原本戰鬥就是他們的強項，該來的，便來吧！

時間，晚上九點十七分。

東京重地，屬於血族的食物，屬於血族。

光是歌舞伎町就有七個從地下皇城連結地面城市的出入口，其中有四個出入口已被美軍發現，鎖定，砲口對準，炸藥伺候，只要血族一出現立即灰飛煙滅。

但還有三個隱藏於居酒屋地下室的出入口，足以傾瀉血族大軍。

於是發生了。

血族如果沒有在此役滅亡，其歷史當會詳細記載這一段英勇的戰鬥。

第一個牙丸武士出現在街上，不到一秒，他的身上布滿了一百〇三個紅外線光點，無所謂誰扣下第一發扳機，一百多顆子彈同一時間穿透了他的身體，將其肉末般的屍塊濺灑在從他身後湧出來的夥伴臉上。

第二秒，數以千計的子彈穿透了第二、第三、第四、第五、第六、第七個……乃至第二十六個牙丸武士的身軀，每一槍都確實貫穿了他們鋼鐵般的血肉。

但他們沒有倒下。

他們選擇在第一時間衝出，便沒有倒下的打算。

「站好！」

對這些牙丸武士來說，他們在這場大反撲裡唯一能做的戰鬥，便是咬緊牙根，打直身子，挺豎腰桿，用超卓的意志力焊住同樣的姿勢——他們沒有吃麻藥，沒有打肌肉麻醉劑，為的便是用最清醒的意識擴張身體，絕對要為身後的夥伴爭取空間。

——歷史稱其爲「血夜二十六鐵柱」。

直到他們直挺挺的身軀變成了射散向四面八方的血肉果醬，已有五百名敢死隊踏著他們壯烈犧牲的精神衝向前，個個左手持盾，右手扔出手榴彈。隊形輻射，如一朵在地面綻放的花。

當然，盾牌碎裂，他們依舊在人類精心布置的槍林彈雨中給屠成了一片血紅。可五百顆手榴彈都沒有留在任何人的手中，遠遠地擲出，高高地落下。

那五百記震耳欲聾的爆裂聲，充滿殺傷力的碎片與閃光，那股極度凶暴的氣勢——令那些身經百戰的人類戰士別過了視線。

人類低首，忍無可忍的五千名牙丸武士從地底衝出！

無與倫比地衝出！

不讓美軍艦隊的飛彈有可趁之機，擔綱首波攻擊的五千名牙丸武士採取了沒有戰術可言的衝鋒，他們只是往前衝，用絕對可稱驕傲的氣勢震驚人類的軍隊。

一千名牙丸武士在半途倒下了。沒有一張臉碰著了地，全仰望著天。

一千名牙丸武士接近了敵人，趁著還有意識時拉開了掛在腰上的榴彈保險栓。

一千名牙丸武士還是倒下了。如野獸。如煙火。

一千名牙丸武士衝進了敵陣，短兵相接的那一刻，他們感動得熱淚盈眶。

一千名牙丸武士散開、散開、散開……竭盡所能地散開，用各種新式武器布置好反擊的陣式，掩護一萬名牙丸武士從另外兩個出入口湧出。

一個牙丸武士高舉砍刀，一聲獸吼。

「座標確認，請求艦隊支援！」資訊班的班兵大叫，腦袋隨即被砍下。

徒手肉搏的話，一個牙丸武士抵得了三個陸戰隊隊員的合力攻擊。按照這種卻除亂數的計算方式，目前以優勢武力防守在這裡的人類軍團，實際上正面臨被圍攻的慘境。

殺聲震天，砲如雨，刀如荊棘。

轟！

一枚艦對地飛彈無預警從天霹靂射下，擊中不斷湧出牙丸戰士的穴口，地面劇震，數百名牙丸武士立即被巨大的火雲衝擊給吞噬。

「砲擊！砲擊不要停！」十幾台坦克對著下一波衝鋒的牙丸武士開砲，將他們的屍體一併砸進龜裂的地表。

這便是人類的手段。

但，血族也有自己的驕傲。

「哎呦，這麼多帥哥，真教人心煩意亂呢！」

一道肉色的人形閃光混在一片大亂的戰局裡，閃電撕開美軍陸戰隊的咽喉。

十一豺，冬子，極其興奮地浸浴在沸騰的男性荷爾蒙之間，大開殺戒。

「礙事。」

一隻手抓上了滾燙的坦克砲管，一擰，砲管直接斷成了兩截。

大鳳爪另手一翻，直接抓碎了強化頭盔，扯爛了來襲者的腦袋。

「千錘百鍊的——正拳突刺！」

大山倍里達一拳擊出，倒下的不是人，而是上噸重的裝甲運兵車。

十幾個牙丸武士從大山倍里達的身後跟上，與這位一代宗師並肩作戰。

「呼……給我……讓開！」

一台正輾過一群牙丸武士的美軍坦克，忽然離開了地球表面，以奇怪的拋物線飛上了半空，然後重重撞在一塊營業在三樓的夜總會招牌上。

一吐怨氣的橫綱，絕對硬幹的霸道招式。

十幾架雷鳥直昇機從空中對地面拚命掃射，將牙丸武士當蟑螂打。

上千發子彈卻獨獨被一頭凶惡的野獸給彈開，擦出了無限條銀色的流光。

「……有點痛啊，不喜歡。」

虎鯊合成人TS-1409-beta吃痛地摸著硬皮上的子彈擦痕，快跑，快跑，跑向了一棟高樓大廈，跑著跑著竟垂直地跑上了大廈的玻璃帷幕表面。

不斷從雷鳥直昇機噴出的子彈也跟著追上，將大廈玻璃一一擊碎。

高度似乎是夠了，虎鯊合成人TS-1409-beta用力一躍，從大樓破碎的表面衝向了雷鳥直昇機，雙手一張，背鰭拱起。

恐怕是這個世界上最誇張的擒抱術了。

虎鯊合成人TS-1409-beta牢牢抱著雷鳥直昇機，一齊撞進了對面大廈，大爆炸。

同一時間，尾隨在後的另一架雷鳥直昇機在半空中忽然失控，急速盤旋。

原地盤旋，原地盤旋，原地盤旋……越來越急，機身越來越傾斜。

直昇機上正副駕駛的左眼，都插著一把鐵灰色飛刀，兩眼呆滯。

墜毀是遲早的事。

「……」

賀，蹲在十二樓高的廣告招牌上，伺機尋找下一個目標。

只是令這個鬼才飛刀手有點在意的是……莉卡，怎麼從剛剛就不見了？

賀沒有太多心神思考莉卡失蹤的事。

即使有東京十一豺助陣，駐防在歌舞伎町的人類軍團也沒有那麼容易瓦解。

就在對面剛剛被雷鳥直昇機一頭撞上的大廈，破了一個吹著悶燥焚風的大洞，大洞裡忽然傳出一聲極不自然的巨響。

巨響接連不斷，每一聲響都大過前一聲響。

忽然，虎鯊合成人TS-1409-beta從洞口衝了出來。

不，不是衝。

虎鯊合成人TS-1409-beta是給摔了出來！

「哇。哇哇。」

砰。咚。咚。咚。

虎鯊合成人TS-1409-beta硬是撞落在地面，將柏油路砸出幾條怵目驚心的大裂縫，不痛不癢地在槍林彈雨中站了起來，忿忿仰起粗頸，看著站在大廈破洞前將他「轟」下樓的那傢伙。

「皮眞硬。」

穿著黑色西裝服，甩著十一節棍，兵五常睥睨著虎鯊合成人TS-1409-beta。

那個鯊魚一樣的臭怪物，竟能捱完「十一天連雨」才給轟下樓？

「看樣子還得跟人類纏鬥很久。」

賀沉住氣，緩住手中的飛刀。

第495話

歌舞伎町數百上千條陰暗的巷弄，坦克撞不進，直昇機機關砲的死角，大隊人馬絕對避免的路徑，反而提供了血族戰士最佳的掩護。

好不容易鑽到了地面，許多牙丸武士受命不參與衝鋒，他們衝進巷子裡化整爲零，或刀或槍，伺機從四面八方慢慢撕開人類軍隊的防禦點。

異曲同工之妙，這些牙丸武士避開直接進入大混戰的圈圈，進行狩獵一樣的零星戰鬥。而在這個大混戰的圈圈之外，人類裡也有些人對協助美軍鞏固防禦點沒有任何興趣。

事實上，他們來到東京，只因這裡擁有全世界最大的合法殺人場所。

魔物般的嗜獵者穿梭在陰暗的巷子裡，忙碌狩獵著牙丸武士。

不，那種戰鬥法稱不上是狩獵。

是屠殺。

巷子裡，十五個牙丸武士快速奔跑。

速戰速走，每個人的雙手都沾滿了美軍陸戰隊的熱騰騰鮮血。

「別以爲只有你們血族曉得打獵的樂趣。」

聲音在前，人影在後。

正當十五個牙丸武士警覺地對著前方拔出砍刀之際，一名手持雙槍的狩獵者忽然出現在後方，扳機連扣，閃爍著銀光的子彈一枚接一枚插進牙丸武士的眉心。

「殺！」牙丸武士怒吼。

「好啊。」嗜獵者原地不動，眼睛眨也不眨。

隨著扳機的呼吸，發燙的彈殼一顆顆掉在地上，叮叮噹噹十分好聽。

明明距離極近，偏偏這十五把砍刀沒有一把能沾到他的衣角，就茫然倒下。

將手槍蝴蝶飛舞般插回腰上，猶如老電影裡的西部牛仔，可嗜獵者沒有撂下任何誇嘴的台詞。跟死人說話對他來說實在是太可笑了。

他只是拉開拉鍊，朝最靠近他的一具牙丸武士屍身上撒尿。

沒錯，「尿槍賈克」就是這一位正在打事後哆嗦的黑髮男子。

他隨身都攜帶一瓶水，尿完了就喝一大口，免得等會又殺完一輪、沒尿了、拉開拉鍊卻只能看著掏出來的陰莖發呆，那就很糗。

負責「支援」歌舞伎町的十幾個嗜獵者，至少都與此尿槍賈克實力相當。

孤獨戰鬥已久，這些殺人專家擁有獵人團沒有的果斷與單兵破壞力。

以及更完整的心理變態。

□

咻。

忽然出現在頸動脈外一公分的子彈，防不勝防。

「？」一名躲在坦克後方裝填彈匣的陸戰隊隊員，摸著自己剛剛炸開的脖子，狐疑地看著負責掩護他的鄰兵。

身旁的鄰兵正自驚疑不定，下一枚子彈也來到了距離他太陽穴一吋之地。

倒下。

十個牙丸武士護衛著三個陸上自衛隊的人類狙擊手，摸上了靠大街的大樓，在窗邊狙殺了不少美軍陸戰隊的步兵。

每一個狙擊點都不能久留，根據經驗，只要勤勞一點每十五分鐘移動一次，有九成五機率不會遭敵方鎖定。

但還有百分之五的不幸。

咕嚕咕嚕咕嚕咕嚕……一顆包了白色保麗龍紙的手榴彈滾在地上，悄悄地來到靠窗狙擊手的腳邊，直到碰著了軍鞋的膠底才停了下來。

鞋上那若有似無的觸感，在聚精會神的狙擊手感受下無限擴大。

「這是？」狙擊手的眼睛離開了十字準心鏡，看著那白色的球體。

碰轟！

手榴彈炸開，窗戶應聲爆碎，狙擊手與兩個牙丸武士一齊震出高樓，連水泥地板也給炸出了一個焦黑大洞。

「眼睛！我的眼睛！」一個牙丸武士痛苦大叫。

「大家散開！」一個牙丸武士看見遠處有黑影逼近，抽出砍刀。

「什麼……」一個牙丸武士也想抽刀應戰，卻一直辦不到。

他尚未意識到他的雙手已整個炸飛不見。

偷襲的嗜獵者當然沒放過那血肉紛飛的快樂，雙手操刀衝上：「來了來了。」

擅長肉搏戰的牙丸武士，在三十秒內全數失去與這個世界的聯繫。

蹲下，露出歡愉的神情，嗜獵者花了比戰鬥更多十倍的時間，割下了死者的左耳，直接送進嘴裡快意咀嚼。喀吱，喀吱。喀吱。

對他，以及對很多缺乏美好童年的嗜獵者來說，光是戰鬥是不夠的。只有加上確實的「吃食」行爲，整個狩獵才算完整。

而他的名字因爲吃食被獵者的部位很容易被大家記憶：吃左耳者柯斯特。

□

這城市的皮膚被恣意地鑽孔，到處都在流血。

「藍色狗頭王」、「指甲男」、「紅斤刺客」、「詩人安德烈」、「殺手白蟻」、「卡車阿撞」、「冥想者」……十幾個殺藝高超的嗜獵者各自在歌舞伎町的大戰角落嬉戲著。

每一次嗜獵者的變態屠殺，都在改寫到底誰才是食物鏈最上層者的定義。

□

不過，也不是所有的嗜獵者都很變態。

通往地面的地下密道有好幾百條，錯綜複雜，其眼花撩亂的程度本身就是一種防禦，即使是血族自己也只能摸透自己所屬區域的密道結構。

每一條地道都有幾百個磨刀霍霍的牙丸武士，以二十人爲一縱隊聽命於小隊長，等待更上層者進一步的指令行動。

地底的危險百倍於地面，美軍陸戰隊只敢在地面上嚴陣以待，絕對沒有打過攻進地下密道的主意……至少在堅壁清野地面一個月內沒這種瘋狂的打算。

其中有一支攜帶了彈藥補給的牙丸縱隊，在往上集合的途中看見了那個人。

那個人留了一臉絡腮鬍，拿著一根被內力烤紅了的大鐵棒，點頭示意。

「人？竟然有這種膽子，直接給你一個痛快。」

領在前頭的小隊長一拔刀，二十個牙丸武士一齊抽出傢伙。

「叫我鬍子就好了。」

雖然沒人想知道，半途攔截的嗜獵者依舊微笑自我介紹。

不在地面上戰鬥，直接摸進地下，藝高人膽大，此自我介紹者正是紅鬍子。

暫時充任這一群嗜獵者首領的紅鬍子，實力也在這一群嗜獵者之上。手段不論，領導能力不論，人格不論，只看戰鬥能力的話，被剔除在專業獵人之外已八年的紅鬍子，絕對有資格在世界獵人排行榜上占據前十。

更重要的是……

平日講話非常粗暴沒品的紅鬍子，在戰鬥的時候彷彿人格分裂，判若兩人。

拿起通紅鐵棒，紅鬍子擺出棒球比賽中打擊者的預備姿勢。

「我並不會提出一些很變態的要求，我會很有禮貌。」

噹！

紅鬍子彬彬有禮地出手，一棒敲彎了小隊長手中長刀，去勢不停，連小隊長的腦袋也一併重重轟離脖子。鐵棒上燒著數百度的高熱，腦漿血液的泡泡沾黏在鐵棒上，發出強烈的惡臭。

十九記長遠的二壘安打，乾淨俐落解決了十九名牙丸武士。

關鍵的第二十次揮棒，紅鬍子只擊出了短短的一壘安打，挨了那炙熱一棒的牙丸武士看著潰爛沸騰的胸口，喘息著跪下，痛苦到連一句話都說不出口。

「……呼……呼呼呼……」牙丸武士的臉摔在地上，表情抽搐。

慢條斯理脫下了自己長褲後，在滿地滾燙的血族屍體上，紅鬍子也幫那一息尚存的牙丸武士脫下了褲子。無法再要求更多了……從解開皮帶到褪去內褲，每一個細節都非常有禮貌。

紅鬍子的確沒有提出變態的要求。

他直接做。

第496話

狩獵，有時很難說是誰在狩獵誰。

有一頭猛虎，一動也不動地站在又濕又冷、最小最窄的長黑巷。

絕對不是無聲無息地等待。

光是站在他身邊，什麼也不做，就好像五臟六腑隔空被啃食一樣發冷。

巷子貼滿了色情海報。

歌舞昇平之時，這條小巷的牆上與地上經常布滿精液，急需金錢的貌醜妓女與落魄的尋歡客總是在這裡一拍即合，在完全不必要看清楚對方模樣的廉價交易中，你付錢，我吹喇叭，隨意抖弄的交媾後，兩不相欠、各自帶病地離去。

現在，人群離去了，只剩一隻雙腳站立的猛虎。

還有一些散落在猛虎旁邊的屍塊，勉強湊一湊，大概是四具，或五。

屍塊，已是很高的評價。

不屑進入一片大混亂的戰場，猛虎的絕世武藝不為屠殺毫無抵抗的弱者。

他只是等。

等著。

命運總爲他帶來越來越多的強者，帶來刀下的血腥分離，帶來寂寞。

猶如一頭踞坐在蜘蛛網中心的猛虎。

通常都是一擊斃命，陷入蜘蛛網的來襲者屍體得以保全大致的姿態。

猛虎腳邊散落的屍塊意味著今晚的戰鬥都很激烈。

「喂，下面的。」

蜘蛛絲又抽動了。

巷子上空被扔下了一具遭砍得稀巴爛的泥巴屍體，朝猛虎頭上直墜。

看也不看，猛虎左手一抬，屍體被一股濃烈的刀氣斬成兩半，快速撞向左右。

扔屍體的人也趁機下來了。

渾身都是刺青，左手拿著一把短短的銀色斧頭，右手拿著一把金色的長斧。

「金斧頭，銀斧頭，猜一猜，等一下要砍在你身上的……是哪一把？」

刺青男咧嘴大笑，彎低腰，甩著斧，抽動鼻子。

以猛虎爲中心，刺青男慢慢繞著，慢慢繞著，像身經百戰的獵人一樣沉醉地看著這頭可口的獵物。

這頭直立猛虎……眞漂亮啊…那股氣勢……那眼神……甚至雙手持刀的巧合，猛虎的一切刺青男都看得很沉迷，還未動手，已在腦中構思著如何用斧頭解剖牠。

嗜獵者，人魔金銀斧。

「猜一猜……猜一猜……答案是？金斧頭、銀斧頭，哪一把？」人魔金銀斧。

猛虎打了一個好大的呵欠。

打呵欠的時候，雙眼還緊緊地閉了起來，眼角還滲出缺乏睡眠的淚。

待宰獵物這個放肆的舉動觸怒了嬉戲中的獵人。

「答案是！」人魔金銀斧衝上，大吼：「一起！」

咄咄逼人的金光吞吐，掩護眞正危險的短身銀光。

即使是虛招，每一斧都擁有砍斷鋼鐵的實力。

「！」猛虎雙刀齊出，不管虛實一律硬接。

鏗！

刀與斧之間魄力十足的撞擊感令猛虎肩上的肌肉繃緊了起來。

果然是好手，今晚落入這張大網的，全都是無法一刀斃命的高手。猛虎微笑。

刀斧連續三十擊後，人魔金銀斧的眼睛瞪得異常火大。

人魔金銀斧素以蠻力爲傲，兩把金斧頭銀斧頭從葡萄牙砍到巴伐利亞，不曉得砍翻了多少吸血鬼的腦袋，直到今晚他才發現，這個世界上竟然有可以用蠻力硬接他雙斧的……吸血鬼？還砍得他雙手虎口隱隱發疼了起來。

對猛虎來說，這種硬拚的經驗也是很少有的。

以技巧取勝未免也太可惜了，刀氣也當作不存在吧……猛虎決定用對方最擅長的「力量」硬拚。亦即單純的互砍。

沉腕，毫無取巧——猛虎長短雙刀毫無美感地全力往對方的雙斧上一砸。

金斧沒斷，銀斧也沒斷。

只是被空前的怪力給擊飛，雙斧一左一右撞碎了兩旁貼滿色情海報的水泥牆。

「……啊？」

人魔金銀斧呆呆地看著他的獵物，雙手下垂，虎口碎裂滲出骨血。

從來沒有在戰鬥中令自傲的武器脫手，人魔金銀斧除了屈辱還是……

不，是害怕！

捨棄尊嚴，人魔金銀斧轉身想逃跑的那一剎那，刀氣乍現。這個失算的獵人隨即支首分離，頭高高飛起，只剩下身體還在恐懼的驅使下繼續往前衝，直到跑出了巷子才摔倒在地。

這頭猛虎可不是什麼慈悲心腸的菩薩，牠拿起食物的頭顱，仰頭飲血。

這頭猛虎，名宮本武藏。

今晚，「逢龍遇虎」將爲宮本武藏帶來最大的人生高潮。

九死一生

命格：機率格

存活：四百年

徵兆：全班被大刀老師當到爆炸，只有你一個人孤獨地低空飛過。大家都摔進失戀地獄，只有你還無恥地在熱戀。班上同學吃壞掉的營養午餐都拉到肛門括約肌抽筋，只有你一個人因為吃媽媽的愛心便當而倖免於難。

特質：大家在哭你在笑，因為你將周遭人的幸運轉化為助你渡過難關的能量，久了，其實你也笑不出來啦。命格轉嫁幸運的能量很強，但作用週期並非頻繁運作，而是遭遇一定程度的災難時才會啓動。

進化：百劫，不死凶命

第497話

這種事，並非絕對不可能發生。

發生的後果也相當嚴重，沒有一個血族可以承受。

但從來沒有被「眞正」考慮過。

要說事先防範，地下皇城也的確有這樣的武裝編制：一百名精挑細選的牙丸武士只在此區域巡邏，但比起事件一旦發生時的嚴重性，這區區一百名戰士僅流於官方形式。

今夜，大戰正酣。

唯一沒有聽見砲擊聲的就是深深的地底。

一百名牙丸武士照常以十人爲一組，每小時輪班巡邏。他們並不知道翦龍穴的確實位置，但他們巡邏的區域已是紅色禁區，沒有最上層的命令就擅自接近這裡，不管是誰，格殺無論。

可笑的是，膽敢進入這個區域的強者，眼中豈有這區區一百名巡邏兵？

正當血族傾巢而出之際，黑色的天空悄悄落下了灰色的雲朵。

能吸收雷達波的降落傘，落下的速度是平常的四倍，一共一十二朵。

從來沒聽過這十二人的傳說，因爲他們一直被藏得極好。

在庸俗的強者對戰鬥史上，這十二人的對戰記錄一片空白。但如果加入「腦內練習賽」的話，戰史可就超輝煌了。這十二個人中的任一個都是足以單挑殺掉蜘蛛人、鋼鐵人、金剛狼、夜魔俠、蝙蝠俠與復仇者的狠角色。

各有厲害的本事，各有以一當百的必殺技。

清一色由第三種人類組成，在愛看漫畫的凱因斯刻意戲謔下，他們被稱爲「十二星座」。十二星座遵守凱因斯的命令，最重要的任務並非殺掉「那個人」，也不是生擒「那個人」，而是……「將即將發生的一切即時傳送回Z衛星」。

在地面接應他們的，是「暫時」仍擁有十一豺稱號的莉卡。

今晚的莉卡，除了手中的長刀，還破例揹著眞正慣用的武器鏈球。

以高於四倍的速度重重降落，蹬！地上碎開二十四個腳印。

十二名灰色戰士已戴上了視訊發送器，爲主子提供完美的十二個角度。

擔綱獅子座的灰色戰士扔了一台衛星手機給莉卡。

手機畫面上，是滿臉興奮的凱因斯：「感謝妳，莉卡。」

「你們Z組織答允我的，不會忘記了吧？」莉卡感受到十二道強烈的氣息。

「當然不會，我們會遵守約定，將那個人的牙齒拔下來。」凱因斯對著畫面豎起大拇指：「妳跟十二星座的距離那麼近，應該可以知道我說的話有多少誠意了吧。」

的確。

當莉卡還在Z組織的時候，就已經與這十二星座一起接受訓練，他們的恐怖莉卡是相當清楚的。十二星座單打獨鬥已經非常厲害，但還不是莉卡無法應付的程度。眞正恐怖的，是聯手。

凱因斯在他們的大腦裡植入心靈輔助晶片，每一個人的戰鬥直覺都會同步傳送到另外十一人的腦中，令他們十二個人合作無間，聯手時所發揮出的戰力絕對不是十二倍，而是一百二十倍。

現在，他們又變得更厲害了。

「今天時間異常的流動，跟Z組織有關嗎？」莉卡。

「當然不是，我還很期待是血族的新遊戲呢。」凱因斯看起來很失望：「如果妳那邊有關於時間異常的線索，得立刻回報。」

「有一個說法是安倍晴明的咒術。」莉卡不想再談下去，時間寶貴。

「……是嗎？」凱因斯思索：「據我所知，那位陰陽師已被徹底擊潰了。」

通話結束。

「帶路。」擔綱雙子座的戰士將一管藥劑扔向莉卡。

事到如今也沒什麼好猶豫的，莉卡將藥劑注射進體內。

十二星座也一起將準備好的藥劑注射進自己身體，命格能量「隱藏性角色」便開始發揮作用。閉上眼睛，等待命格達到最佳激化後，這十二股壓迫感超強的氣息，頓時煙消雲散。

蹲在地上，莉卡打開了通往地獄的捷徑入口……

第498話

海岸線。

……原已落入美軍之手的海岸線。

在雄壯威武的第七艦隊之前，二十支超級陸戰隊的大後方，這一中間地帶駐紮著由兩千名將士所組成的彈藥補給與醫療部隊，負責提供前線支援，此區域當然被重重的火力給防守住。而後山飛彈基地被美軍擊毀了的自衛隊，要重新奪回海岸線比什麼都難。

雖同屬戰地，比起在前方戰鬥的十個防禦點，這裡的確放鬆了警戒。

白常選擇了這裡作爲戰場。

同樣是幻術高手，神道可以單槍匹馬殺入敵陣，白氏，遠遠不行。

在古代，白氏貴族戰鬥時，十有八九是坐轎。

好整以暇坐在轎子裡，隔著一層朦朧的白簾，鄙視一切狼狽不堪事物的白氏貴族得以維持優雅的姿態，從容不迫地用幻術殺敵。

白氏貴族的本體非常脆弱，可說是大弱點。

為了確保安全，轎子由四名武功高強的牙丸武士所抬，另外還有至少八名牙丸武士負責守衛，防止有人攻擊轎子。要知道，如果坐在轎中的白氏貴族被敵人給打死，幻術自然就會解除。

從現代戰爭的邏輯來看，原本該用更堅固的坦克取代傳統的轎子，但坦克很顯眼，反而容易被敵人鎖定成主要破壞的目標。在不長眼的槍林彈雨中，只能用本體硬上的白氏少有生還的機會。

活了超過八百年的老鬼白常擁有旺盛的冒險雄心，在一大群牙丸武士的貼身簇擁下，白常走在海岸線的地道裡，醞釀著他古董級的腦能力。

即使幻術變化多端，詭譎難測，但白常所能製造出的「知覺景象」，在幻術的範疇內仍屬極端的異種。比起幾乎殺了上官無筵的老鬼白夢，同樣活了超過八百年的白常，能力亦不遑多讓。

對白常來說，只要能幸運地抵達地面，只要給他五到七秒的時間「連結」美軍的大腦，他的能力將能一鼓作氣解決方圓三百公尺內的所有敵人。

但……五到七秒？

這種時間已經足夠讓白常變成七次蜂窩。

「十秒，就讓我們為您爭取吧。」

一百名隨行的牙丸武士跪下。

的確，牙丸與白氏一向不合，但在這種危機時刻要與科技力雄霸世界的美軍一戰，沒有白氏的力量就猶如赤足走在雪地。

「老祖宗，我們幫您吸引一些砲火吧。」年輕一輩的白能從黑暗中站了出來，笑笑：「這可是我們的榮幸。」

「就當我們想爭功也行，讓我也加入吧。」只活了三百年的白器，表情非常有自信：「說不定我們也能僥倖活下來喔。」

這兩位年輕的白氏貴族在腦子裡都養了一堆怪獸，的確是吸引敵火的好道具。

「話說在前，當我啓動幻殺的時候，周圍所有人，除了這兩個小鬼勉可抵擋外，其餘不分敵我，全部都會崩潰而死。」白常冷酷地看著這一百個牙丸武士。

一百名牙丸武士根本沒想過自己會被白常的幻術給殺掉。

在他們的心中，早已存著被美軍陸戰隊的綿密火網給爆頭的打算。

「人類這麼不怕死，我們也該給他們看看身爲血族的勇氣。」一個名不見經傳的牙丸小兵開口。

白常面無表情，他可是沒有一點感動。

對他來說，這些牙丸武士再勇敢，也不過是勇敢的狗。

「那麼想死，就跟上來吧。」白常淡淡地說。

如果預感沒錯，阿不思也快出動了吧？

傳言阿不思是牙丸武士裡的最強，此時的她應該正率領一萬名從冰存十庫蹦出的鬼兵攻擊某個防禦點，同行的可能還有武藏坊弁慶與能登守平教經，老實說，白常再怎麼瞧不起阿不思，也覺得她親自出征一定能勝。

……自己這邊可絕不能輸她。

終於，方位確認：竊據東京海岸線的敵營就在眾人的頭頂一百公尺。

正當他們打算藉由祕密通道快速衝向地面之際，地下皇城作戰指揮部傳來了最緊急的信號……

「翦龍穴遭到入侵！」

第499話

臥底多年，就爲今夜。

走路、吃飯、睡覺，莉卡時時刻刻都在複習那一天走過的路徑。

命格「隱藏性角色」作用的時間有一個小時，原本綽綽有餘，但今天時間的流動極爲異常，萬一命格作用出了紕漏引來圍捕就糟糕，莉卡忍不住加快腳步。

穿過了無人監視的地帶，來到紅色禁區，鎮定地從巡邏守衛身旁走過。

然後是最複雜的禁區中的禁區。

即使已在上次離開翦龍穴的沿途設定好了微型訊號發送器以防萬一，可莉卡踏出的每一步都沒有猶豫，根本不需要仰仗機器傳出的訊號。倒是十二星座每走一段路，便在不顯眼處黏上爲凱因斯傳送影像的訊號發射器。

腳下的速度越來越快。

比預期還要順利，十三名不速之客毫不驚動任何人就來到了巨大的黑色大洞前。

從黑洞底下颳上來的焚風好像比上次更熱了，光是站著就呼吸困難。

「多深？」擔綱天蠍座的灰色戰士打量著傳說中的翦龍穴。

「不清楚。」莉卡聳聳肩。

擔綱魔羯座的灰色戰士蹲在地上，仔細設定好最後一個訊號基地台。透過一路走來的訊號橋接，即使是在那麼深的地底也能順利將影像送上衛星。

這種多餘的舉動，看在莉卡的眼中眞是無比愚蠢。

「那個人就在下面嗎？」擔綱巨蟹座的灰色戰士擰了擰手。

「沒錯。」莉卡瞪著這讓人生懼的大洞。

十二星座同時按下一管透明藥劑，「隱藏性角色」的能量緩緩地解除。

又是同一動作，十二管閃耀著不同光澤的新藥劑注射進他們的體內。

「妳在上面等著。」擔綱處女座的灰色戰士說這話時，連眼睛都沒看她。

身爲一名戰士，莉卡眞想親眼目睹這場劃時代的戰鬥。

但莉卡知道，無法融入十二星座聯手攻勢的她只會礙手礙腳。

好像時鐘刻度，十二星座戰士拉開彼此的距離，好整以暇站在黑井的邊緣，動作一致往深不見底的黑井拋下強化過的繩索。

一聲道別的招呼也不打，立刻用快到不可思議的速度沿繩而下，一下子就沒入了酷熱的黑暗。

暫時置身事外的莉卡坐在黑井邊上，摸著長刀的雙手滲出緊張的汗水。

終於，薩克……

□

落地了。

說是深不見底，也不過是區區兩千四百公尺。

命格最佳激化的過程，在十二星座沿繩而下時也漸漸完成。

眾人好不容易進入炙熱黑暗中的第一個反應，不意外，是靜默。

調整自己的呼吸，尋找同伴的呼吸。

然後，刺探「那個人」的呼吸。

「……」

心靈相通，十二星座不約而同將時效三個小時的超亮化學燈管往翦龍穴的正中心扔去，將等一下的血腥獵場布置得燈火通明。

耀眼的白光，令霸占了翦龍穴七百年的黑暗強制退場。

「啓動命格，鬼的呼吸。」牡羊座戰士赤手空拳。

「啓動命格，斬鐵。」金牛座戰士手持鋼斧。

「啓動命格，獅子的驕傲。」雙子座戰士揮舞鐵槍。

「啓動命格，破壞王。」巨蟹座戰士也是赤手空拳，肌肉賁起。

「啓動命格，流星。」獅子座戰士揮舞著特製的銀質繩索。

「啓動命格，巨石定心。」處女座戰士扛著威力強大的短砲。

「啓動命格，無懼。」天秤座戰士兩手都是機關槍。

「啓動命格，血鎮。」天蠍座戰士抽出最常用的長刀。

「啓動命格，千軍萬馬。」射手座戰士用的也是長刀。

「啓動命格，殘王。」魔羯座戰士的身上全是銀色炸藥，同歸於盡的氣勢。

「啓動命格，無雙。」水瓶座戰士的改造拳頭上閃爍著銀光。

「啓動命格，人鬼。」雙魚座戰士的左右兩手，各執了三柄飛刀。

看清楚了。

什麼都看清楚了。

黑暗的確一度崩壞。

但明明就是滿場的強光，此刻，卻有一種天地黯淡的妖異錯覺。

「我是，眞正的……」

灼熱的呼吸。

七百年來的答案終於出現……

「破壞神！」

《獵命師傳奇》卷十六　完

獵命師傳奇 FateHunter

《獵命師傳奇》卷十七・預告

秒針已經很久沒動了。

黑夜無盡，時間的齒輪在東京的地殼上忘卻了運作。

「報告長官……援軍好像……提前出現了？」雷達官語無倫次。

「你說什麼！」安分尼上將呆住。

最快，美軍第五艦隊明明也要至少三十六個小時才會抵達戰場，現在卻突然全軍出現在雷達上？南韓、北韓、中國、台灣、歐盟與俄國的海軍艦隊，也一齊將大海擠得滿滿的！

別說安分尼等諸將滿臉錯愕，那些莫名其妙出現在東京灣的人類盟軍也全都目瞪口呆。久久，沒有人說得出一句話。

「這究竟……」

底牌，倒數計時。

獵你的創意，秀你的圖
「獵命師大募集！」活動

發揮你的想像，秀出你的創意，畫出或者cosplay《獵命師傳奇》你心目中的故事角色，我們將於《獵命師傳奇》最新一集出版前，固定由作者九把刀親自遴選，刊登在當集的《獵命師傳奇》書中喔！讓你的創意在《獵命師傳奇》的世界中登場，還可以得到獵命師限量周邊！

■ 活動詳細辦法，請至蓋亞讀樂網貼圖區參觀 http://www.gaeabooks.com.tw/
■ 大賞得主除可得到《獵命師傳奇》新書一本，還另有神祕禮物喔。
■ 入選者皆可得《獵命師傳奇》新書一本。

【本集大賞】

cloud9010 ◆生死影藏術

刀大評語：
很血腥啊你！我喜歡！

wxgun1 ◆平安京八絕鬼 六手刀客

刀大評語：
這種小角色也可以挑出來畫，我尊敬你！！！

＊檔案 400x570 像素以上效果較佳

小 Q ◆賽門貓

x89055 ◆ Simon cat

tsu113328 ◆鐮獸

raymond0930 ◆忍者的頂點

ruawu ◆阿不思

kobejimwang ◆上官

deltadelta ◆忍者

xvnm4752 ◆武藏

iampancake ◆牙丸千軍 鬼殺佛

ariel0104 ◆百箭之内

bm2fm2GI ◆烏拉拉

KENSHEN0126 ◆鰲九

paparaya ◆賽門貓

zero ◆黑天使

thomas873 ◆百手人屠・哥德

love89303 ◆ 谷 晶 晶 & 谷亮亮

alphaforte ◆炒栗子木生

jackyhiphop ◆安倍晴明

jwang0215 ◆烏霆殲 / 烏拉拉

wxgun1 ◆殺手 - 豺狼

drawmylife ◆飛刀 vs 飛刀

g870601 ◆風宇

ao4wxyz ◆阿不思

abctina2000 ◆賽門貓

Hysteria 極戢◆安倍晴明

drawmylife ◆冬子

deltadelta ◆安倍晴明

蓋亞文化圖書目錄

書 名	系 列	作 者	ISBN	頁 數	定 價
恐懼炸彈（新版）	都市恐怖病	九把刀	9789867450340	320	260
大哥大	都市恐怖病	九把刀	9789866815690	256	250
冰箱	都市恐怖病	九把刀	9789867929761	240	180
異夢	都市恐怖病	九把刀	9789867929983	304	240
功夫	都市恐怖病	九把刀	9789867450036	392	280
狼嚎	都市恐怖病	九把刀	9789867450142	344	270
依然九把刀（紀念版）	非小說・九把刀	九把刀	4710891430485		345
人生就是不停的戰鬥	非小說・九把刀	九把刀	9789866473029	384	280
不是盡力，是一定要做到	非小說・九把刀	九把刀	9789866473036	384	280
綠色的馬	九把刀・小說	九把刀	9789866815300	272	280
後青春期的詩	九把刀・小說	九把刀	9789866815799	272	250
樓下的房客	住在黑暗	九把刀	9789867450159	304	240
獵命師傳奇 卷一～卷十二	悅讀館	九把刀			各180
獵命師傳奇 卷十三～卷十五	悅讀館	九把刀			各199
獵命師傳奇 卷十六	悅讀館	九把刀	9789866473524	240	199
臥底	悅讀館	九把刀	9789867450432	424	280
哈棒傳奇	悅讀館	九把刀	9789867929884	296	250
魔力棒球（修訂版）	悅讀館	九把刀	9789867450517	224	180
都市妖1～14（可分售）	悅讀館	可蕊			2748
青丘之國（都市妖外傳）	悅讀館	可蕊	9789867450470	320	220
都市妖奇談 全三卷	悅讀館	可蕊	9789866815058		各250
捉鬼實習生 1～7（完）	悅讀館	可蕊	9789866815119	208	1406
捉鬼番外篇：重逢	悅讀館	可蕊	9789866815652	320	250
魔法師的幸福時光 1 舞蹈者	悅讀館	可蕊	9789866815768	240	199
魔法師的幸福時光 2 鏡子迷宮	悅讀館	可蕊	9789866815898	256	220
魔法師的幸福時光 3 空痕	悅讀館	可蕊	9789869473135	256	220
魔法師的幸福時光 4 古卷	悅讀館	可蕊	9789866473388	256	220
百兵　卷一～卷三	悅讀館	星子	9789867450456	192	各180
百兵　卷四～卷八（完）	悅讀館	星子	9789867450531	272	各199
七個邪惡預兆	悅讀館	星子	9789867450913	272	200
不幫忙就搗蛋	悅讀館	星子	9789867450258	308	220
陰間	悅讀館	星子	9789866815027	288	220
黑廟　陰間2	悅讀館	星子	9789866815577	256	220
無名指　日落後1	悅讀館	星子	9789866815362	336	250
囚魂傘　日落後2	悅讀館	星子	9789866815446	288	240
蟲人　日落後3	悅讀館	星子	9789866815713	208	240
魔法時刻　日落後4	悅讀館	星子	9789866473173	304	240
怪物　日落後5	悅讀館	星子	9789866473500	288	240
太歲（修訂版）　卷一～卷六	悅讀館	星子			各280
太歲（修訂版）　卷七（完）	悅讀館	星子	9789866815881	392	299
太古的盟約　卷一～卷四	悅讀館	冬天			各240
太古的盟約　卷五～卷九	悅讀館	冬天			各199
術數師　愛因斯坦被摑了一巴掌	悅讀館	天航	9789866815911	336	240
術數師2　蕭邦的刀．少女的微笑	悅讀館	天航	9789866473050	336	240
三分球神射手 1	悅讀館	天航	9789866473197	272	220
三分球神射手 2～3	悅讀館	天航			各240
東濱街道故事集　惡都1	悅讀館	喬靖夫	9789866815829	208	180
慈悲　惡都2	悅讀館	袁建滔	9789866473043	336	240
犬女　惡都3	悅讀館	袁建滔	即將出版		
惡魔斬殺陣　吸血鬼獵人日誌 I	悅讀館	喬靖夫	9789867450821	240	199
冥獸酷殺行　吸血鬼獵人日誌 II	悅讀館	喬靖夫	9789867450838	240	199
殺人鬼繪卷　吸血鬼獵人日誌 III	悅讀館	喬靖夫	9789867450920	240	199
華麗妖殺團　吸血鬼獵人日誌 IV	悅讀館	喬靖夫	9789867450937	368	250
地獄鎮魂歌　吸血鬼獵人日誌 特別篇	悅讀館	喬靖夫	9789867450999	192	129
殺禪　全八卷	悅讀館	喬靖夫			各180

*實際定價以各書版權頁爲準

誤宮大廈	悅讀館	喬靖夫	9789866815423	256	220
武道狂之詩 卷一 風從虎・雲從龍	悅讀館	喬靖夫	9789866473005	256	220
武道狂之詩 卷二 蜀都戰歌	悅讀館	喬靖夫	9789866473340	256	220
武道狂之詩 卷三 震關中	悅讀館	喬靖夫	即將出版		
天使密碼 01 河岸魔夢	悅讀館	游素蘭	9789866815386	272	220
天使密碼 02 靈夜感應	悅讀館	游素蘭	9789866815614	256	220
天使密碼 03 極夜夢痕	悅讀館	游素蘭	9789866815614	264	220
異世遊　全五卷	悅讀館	莫仁		304	各240
遁能時代　全五卷	悅讀館	莫仁			各240
噩盡島 1	悅讀館	莫仁	9789866473395	272	99
噩盡島 2～3	悅讀館	莫仁		272	各220
山貓　因與聿案簿錄 1	悅讀館	護玄	9789866815560	256	220
水漬　因與聿案簿錄 2	悅讀館	護玄	9789866815645	256	220
彩券　因與聿案簿錄 3	悅讀館	護玄	9789866815775	256	220
祕密　因與聿案簿錄 4	悅讀館	護玄	9789866815836	256	220
失去　因與聿案簿錄 5	悅讀館	護玄	9789866473074	296	240
不明　因與聿案簿錄 6	悅讀館	護玄	9789866473319	272	240
雙生　因與聿案簿錄 7	悅讀館	護玄	即將出版		
異動之刻 1～2	悅讀館	護玄		256	各220
希臘神諭	悅讀館	戚建邦	9789866815706	320	250
莎翁之筆　筆世界1	悅讀館	戚建邦	9789866473128	288	220
反物質神杖　筆世界2	悅讀館	戚建邦	即將出版		
伏魔　道可道系列 1	悅讀館	燕壘生	9789867450630	168	139
辟邪　道可道系列 2	悅讀館	燕壘生	9789867450647	168	139
斬鬼　道可道系列 3	悅讀館	燕壘生	9789867450722	224	180
搜神　道可道系列 4	悅讀館	燕壘生	9789867450739	224	180
道門秘寶　道可道系列番外篇	悅讀館	燕壘生	9789866815522	320	250
活埋庵夜譚（限）	悅讀館	燕壘生	9789867450333	224	200
天誅：烈火之城卷（上）、（下）	悅讀館	燕壘生			各240
天誅第二部：天誅卷 1～2	悅讀館	燕壘生		384	各250
天誅第二部：天誅卷 3（完）	悅讀館	燕壘生	即將出版		
仇鬼豪戰錄 套書（上下不分售）	悅讀館	九鬼	9789866815379		499
輪迴	悅讀館	九鬼	9789866815782	256	199
永夜之城　夜城1	夜城	賽門・葛林	9789867450760	288	250
天使戰爭　夜城2	夜城	賽門・葛林	9789867450845	304	250
夜鶯的嘆息　夜城3	夜城	賽門・葛林	9789867450968	304	250
魔女回歸　夜城4	夜城	賽門・葛林	9789866815041	336	280
錯過的旅途　夜城5	夜城	賽門・葛林	9789866815232	352	299
毒蛇的利齒　夜城6	夜城	賽門・葛林	9789866815393	360	299
地獄債　夜城7	夜城	賽門・葛林	9789866815928	336	280
非自然詢問報　夜城8	夜城	賽門・葛林	9789866473081	288	250
又見審判日　夜城9	夜城	賽門・葛林	9789866473142		280
影子瀑布	Fever	賽門・葛林	9789866815607	464	380
善惡方程式（上下不分售）	Fever	珍・簡森	9789866815478	842	599
熾熱之夢	Fever	喬治・馬汀	9789866473234		360
審判日	Fever	珍・簡森	9789866473357		420
光之逝	Fever	喬治・馬汀	即將出版		
歲月之石 1		全民熙	即將出版		
德莫尼克 卷一～卷八（完）可分售	符文之子2	全民熙			2378
符文之子 卷一～卷七（完）可分售	符文之子1	全民熙			2114
魔法世界之旅	知識樹	天沼春樹＆ 水月留津	9789866473241	240	220
柯普雷的翅膀	畫話本	AKRU	9789866815935		240
吳布雷茲・十年	畫話本	Blaze Wu	9789866473289	160	480
古本山海經圖說　上卷、下卷		馬昌儀			各550
新的世界沒有神	朱學恒作品集	朱學恒	9789866473302		260

＊實際定價以各書版權頁爲準

國家圖書館出版品預行編目資料

獵命師傳奇.Fatehunter / 九把刀(Giddens) 著.
——初版.——台北市：蓋亞文化，2009.7-
冊； 公分. ——(悅讀館；RE086)

ISBN 978-986-6473-52-4 (卷16；平裝)

857.7 98010662

悅讀館 RE086

獵命師傳奇系列【卷十六】

作者／九把刀（Giddens）
插畫／練任
封面設計／克里斯
出版／蓋亞文化有限公司
地址◎台北市103承德路二段75巷35號1樓
電話◎（02）25585438 傳真◎（02）25585439
網址◎www.gaeabooks.com.tw
服務信箱◎gaea@gaeabooks.com.tw
投稿信箱◎editor@gaeabooks.com.tw
郵撥帳號◎19769541 戶名：蓋亞文化有限公司
法律顧問／宇達經貿法律事務所
總經銷／聯合發行股份有限公司
地址◎台北縣新店市寶橋路二三五巷六弄六號二樓
電話◎（02）29178022 傳真◎（02）29156275
港澳地區／一代匯集
電話◎（852）27838102 傳真◎（852）23960050
地址◎九龍旺角塘尾道64號龍駒企業大廈10樓B&D室
初版五刷／2021 年7月
定價／新台幣 199 元
Printed in Taiwan

ISBN／978-986-6473-52-4

RE086
GAEA

獵命師傳奇

天命在我・自創一格
——創意命格有獎徵文活動

替獵命師們構想奇命！為自己開創中獎命數！

由於反應熱烈，命格徵文活動將改爲每冊固定舉行。我們會在每次《獵命師傳奇》出版前，固定由作者九把刀遴選投稿，讓你設計的命格在下一集《獵命師傳奇》的世界中登場。

獲選者可獲贈《獵命師傳奇》周邊商品，及九把刀最新作品一本。

■注意事項

⊙命格投稿請比照書中一貫的描述格式，並填寫本回函所附表格。
⊙請參加讀友留下正確姓名地址，以便發表時註明構想者與贈獎。
⊙本活動遴選之命格使用權利歸蓋亞文化有限公司所有。
⊙活動及抽獎結果，將於每集《獵命師傳奇》出版時公佈於蓋亞讀樂網。
⊙本抽獎回函影印無效。

姓名：＿＿＿＿＿＿＿＿生日　　年　　月　　日 性別：□男□女

聯絡電話或手機：＿＿＿＿＿＿＿＿

E-mail：＿＿＿＿＿＿＿＿

地址：□□□

＿＿＿＿＿＿＿＿

命格名稱：＿＿＿＿＿＿＿＿

命格：＿＿＿＿＿＿＿＿

存活：＿＿＿＿＿＿＿＿

徵兆：＿＿＿＿＿＿＿＿

特質：＿＿＿＿＿＿＿＿

進化：＿＿＿＿＿＿＿＿

關於命格投稿，九把刀會針對投稿者的想法創作更完整的設定修改，以符合故事須要，或九把刀個人愛胡說八道的壞習慣。戰鬥吧！燃燒你的創意！

◎請沿虛線剪開、對摺、裝訂後寄出

廣告回信 郵資免付
台北郵局登記證
台北廣字第00675號

TO：**蓋亞文化有限公司　收**

103 台北市承德路二段75巷35號1樓

GAEA

GAEA